지독하게 뜨거웠고
눈물나게 서툴렀던

지독하게 뜨거웠고
눈물나게 서툴렀던

글·사진 | 이성헌

나무와 바다

24살 체 게바라는 여행 중이었다

혁명은 광장이 아니라 길 위에 있었다.

인도에 처음 발을 디뎠을 때, 가장 먼저 나를 덮친 것은 소음이었다.

그것은 단순히 시끄러운 소리가 아니었다. 릭샤꾼들의 고함, 끊임없이 울리는 경적, 상인들의 호객 소리, 그리고 정체를 알 수 없는 짐승들의 울음소리가 뒤엉킨 거대한 아우성이었다. 그 소음의 장막을 뚫고 매캐한 흙먼지와 섞인 카레향, 그리고 소똥 냄새가 콧속을 파고들었다. 나는 배낭을 멘 채 멍하니 그 혼돈의 한복판에 서 있었다. 서울에서 나를 괴롭히던 취업 걱정, 학점, 미래에 대한 막막함 따위는 이 압도적인 무질서 앞에서 순식간에 증발해 버렸다.

그때 내 배낭 한구석에는 에르네스토 게바라, 아니 우리에게 '체 게바라'로 더 익숙한 남자의 여행기가 꽂혀 있었다. 의대를 휴학하고 낡은 오토바이 한 대에 몸을 싣고 남미 대륙을 횡단하던 청년. 그가 안데스산맥을 넘으며 느꼈을 추위와 배고픔, 그리고 그 끝에서 마주한 세상의 부조리에 대한 분노가 활자 속에 잠들어 있었다.

방충망조차 없는 숙소의 눅눅한 침대에 누워 천장에서 돌아가는 선풍기를 바라보다 문득 그런 생각이 들었다. 그가 포데로사(그의 오토바이 애칭)를 타고 대륙을 질주하던 나이가 바로 지금의 내 나이, 스물넷이었다는 사실을.

체 게바라가 남미의 척추를 달릴 때, 나는 인도의 먼지 구덩이 속을 굴렀다. 장소는 달랐지만 우리는 모두 스물넷이었고, 열병을 앓고 있었다.

돌이켜보면 나의 20대는 언제나 '떠남'의 연속이었다.

인도의 덜컹거리는 기차 침대 칸에 누워 천장을 바라볼 때면, 문득 영국 캠브릿지의 돌길 위에서 느꼈던 그 딱딱한 감촉이 떠올랐다. 바라나시의 갠지스강가에서 타오르는 불길을 멍하니 지켜볼 때는, 미국의 어느 해변에서 보았던 시리도록 붉은 노을이 겹쳐 보였다. 낯선 도시의 골목을 헤맬 때마다 내 안에서는 과거의 내가 걸었던 수많은 길들이 유령처럼 되살아났다.

그 시절 나는 무엇이 그리도 불안해서 자꾸만 짐을 쌌을까.

대한민국에서 20대란 유예된 시간이다. 어른이라기엔 서툴고 아이라기엔 책임이 무거운, 그 어정쩡한 시기를 견디기 위해 남들은 도서관으로 향할 때 나는 공항으로 향했다. 낯선 땅에 나를 던져놓고 나서야 비로소 내가 어떤 사람인지, 무엇을 사랑하고 무엇을 두려워하는지 마주할 수 있었기 때문이다.

이 책은 스물네 살의 내가 인도의 흙먼지를 뒤집어쓴 채 써 내려간 기록이자, 동시에 내 청춘의 모든 여행들에 바치는 회고록이다. 인도의 뜨거운 태양 아래서 나는 과거의 여행지로 소환되었다. 40도의 폭염 속에서 나고야의 바람을 그리워했고, 짜이 한 잔을 마시며 파리의 에펠탑을 추억했다. 장소는 계속 바뀌었지만 그 길 위에는 언제나 '길을 잃어도 괜찮다'고 스스로를 다독이던 어린 내가 서 있었다.

나의 열병은 내 안의 좁은 세계를 깨부수려는 몸부림이었다. 대한민국에서 스물넷이란 나이는 묘한 시기다. 어른이라기엔 아직 세상 물정을 모르고, 아이라기엔 짊어진 책임의 무게가 제법 묵직하다. 남들은 토익 점수를 올리고 자격증을 따고 인턴 경력을 쌓으며 '안정'이라는 궤도에 진입하려 안간힘을 쓰던 그때, 나는 왜 도망치듯 이곳 인도로 숨어들었을까.

아마도 나는 확인하고 싶었던 것 같다. 정해진 길을 이탈해도 죽지 않는다는 것을. 남들과 다른 속도로 걸어도 세상은 무너지지 않는다는 것을. 체 게바라가 여행을 통해 의사가 아닌 혁명가로 다시 태어났듯, 나 또한 이 지독한 먼지 구덩이 속에서 이전과는 다른 내가 되어 돌아가길 원했다.

인도는 친절한 여행지가 아니었다. 섭씨 40도를 오르내리는 폭염 속에서 나는 매일같이 사기꾼들과 흥정해야 했고, 물갈이로 밤새 화장실을 들락거려야 했으며, 기차가 10시간쯤 연착되는 것은 일상 다반사였다. 바라나시의 갠지스강 가트에서는 타오르는 시신을 보며 삶과 죽음이 종이 한 장 차이임을 목격했고, 마날리의 울창한 숲에서는 막막한 그리움에 사무치기도 했다.

하지만 그 고생스러운 길 위에서 나는 비로소 '살아있다'는 감각을 되찾았다. 서울의 빌딩 숲에서는 느껴보지 못한, 날 것 그대로의 생명력이 내 혈관을 타고 흐르는 기분이었다. 누군가는 청춘을 낭만이라 부르지만, 겪어본 사람들은 안다. 청춘은 낭만보다 '전쟁'에 가깝다는 것을. 불확실한 미래와 싸우고, 타인의 시선과 싸우고, 무엇보다 초라한 자신과 끊임없이 싸워야 하는 시기라는 것을.

체게바라의 여행이 그를 혁명가로 만들었다면, 나의 여행들은 나를 '나 자신'으로 만들어 주었다. 거창한 이념이나 세상을 바꿀 힘은 없었다. 내 손에 들린 것은 총이 아니라 공책과 펜 한 자루뿐이었으니까. 하지만 나는 감히 말하고 싶다. 나에게도 나만의 혁명이 있었다고.

어제보다 조금 더 넓어진 시야로 세상을 긍정하는 것. 낯선 타인에게 먼저 손을 내미는 용기를 배우는 것. 그리고 끊임없이 흔들리는 나 자신을 있는 그대로 사랑하게 되는 것. 그것이 수많은 국경을 넘으며 내가 배운 혁명이었다.

지금 이 글을 읽는 당신이 20대의 한가운데를 지나고 있다면, 혹은 지나간 그 시절의 열병을 그리워하고 있다면, 부디 나와 함께 릭샤에 올라타 주기를 바란다. 덜컹거리는 바퀴에 몸을 맡긴 채 인도의 흙먼지를 뒤집어써 주기를 바란다.

우리의 여행은 완벽하지 않을 것이다. 길을 잃을 수도 있고 바가지를 쓸 수도 있다. 하지만 약속하건대 그 길의 끝에서 우리는 조금 더 단단해진 눈빛을 가진 서로를 발견하게 될 것이다.

낡은 배낭을 멘, 24살의 체 게바라가 당신을 기다리고 있다.

일러두기

이 책은 12년 전, 한 청년이 남긴 인도 여행 기록을 정리한 것입니다.

2013년 3월부터 7월까지, 남인도 코친을 출발해 바라나시를 지나고 국경을 넘어 네팔 포카라에 닿았다가 다시 북인도 마날리까지 거슬러 올라갔습니다.

긴 여정의 마침표는 출발지였던 코친이었습니다.

효율적인 경로는 아니었습니다. 그러나 이 책의 진짜 주인은 계획을 벗어난 자리에서 불쑥 나타난 풍경들입니다. 지명들을 미리 마음속에 가볍게 그려두신다면, 뒤이어 펼쳐질 장면들이 조금 더 또렷하게 남을 것입니다.

· 여행 기간 : 2013년 3월 ~ 7월

· 여행 경로 : 코친 → 마이소르 → 뱅갈루루 → 바라나시 → 포카라(네팔)
　　　　　　→ 마날리 → 코친

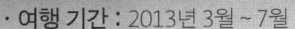

파키스탄

네팔

마날리

포카라

바라나시

뱅갈루루

마이소르

코친

차 례

1부   떠나야만 했기에

2부   여행이 일상이 된다면

3부   그러나 결국 사람

스무 살, 나는 내가 아니었다.

부모님이 빚어내고 주위 사람들의 입김으로 부풀려진 환상, 딱 그뿐이었다. 주체적인 생각은커녕 행복이 무엇인지, 슬픔이 어떤 무게인지조차 알지 못하는 무채색의 인간이었다.

그랬던 내게 우연히 체 게바라의 책이 찾아왔다. 혁명가로서의 그를 동경한 건 아니었다. 그 복잡한 이념을 헤아릴 겨를도 없었으니까. 단지 나를 사로잡은 것은 자신의 뿌리를 찾아 떠난 24살 청년의 남미 여행, 그 원초적인 뜨거움이었다. 그는 낯선 땅에서 날것의 삶과 호흡했고, 그 시절을 생애 가장 아름다운 기억이라 회상했다.

그는 나에게 처음으로 '여행의 정의'를 내려주었다.

"나에게 있어 여행은 나를 바라보는 거울이다."

어쩌면 그때부터였을 것이다. 세상이 정해준 정답 대신 나만의 정의를 내리고 싶어진 것은. 체 게바라가 그랬듯 나도 내가 가야 할 길을, 그리고 감히 '행복'이라는 단어를 내 언어로 정의하고 싶었다. 시대도 피부색도 다르지만, 여행이라는 매개체 안에서 그와 나는 하나로 연결된 듯했다.

사실 스무 살의 나는 지극히 평범했다. 아니, 평범함 뒤에 숨은 겁쟁이였다.

남들과 똑같은 꿈을 꾸며 똑같이 술을 마시고 놀았다. "군 공무원이 안정적이다"라는 말 한마디에 덜컥 군 장학생에 지원해 합격했고, 그것도 모자라 ROTC까지 붙어버렸다. 7년의 군 생활 보장과 대학 등록금 전액 지원. 완벽한 직업군인이 될 탄탄대로가 깔려 있었다.

하지만 그 길은 내가 원한 것이 아니었다. 솔직히 말하면, 군인을 하지 않으면 무능력한 내가 굶어 죽을 것 같아 선택한 도피처였다. 시간이 지날수록 행복하지 않았다. 행복이 뭔지는 몰랐지만, 적어도 이건 아니라는 비명 같은 것이 안에서 터져 나왔다.

그래서 멈추기로 했다. 늦었지만 무모한 도전을 통해 진짜 나를 찾기로 했다.

결국 한 학기를 남겨두고 휴학을 질렀다. 그 대가로 군 장학생 신분은 박탈되었고, 그간 받았던 장학금을 모두 뱉어 내야 했다. 하지만 조금도 아깝지 않았다. 맞지 않는 옷을 찢어버린 듯 과감히 포기하니 오히려 숨통이 트였다.

그렇게 호기롭게 모든 걸 버리고 공부를 핑계 삼아 영국으로 떠났다. 하지만 현실은 낭만이 아니었다. 도피처라 믿었던 그곳에서 나는 철저히 혼자였고, 낯선 언어와 차가운 공기 속에 무력하게 던져졌다. 내가 누구인지, 왜 이곳에 있는지 끊임없이 되물어야 했던 시린 시간이었다.

그러나 그 무너짐의 끝에서 나는 다시 배낭을 멨다. 배낭여행의 끝이라 불리는 인도. 영국에서의 그 시린 시간들이 밑거름이 되었던 걸까. 무질서와 혼돈이 가득한 인도의 길 위에서 나는 비로소 무능력한 나를 인정하고 동시에 사랑하는 법을 배웠다. 바닥을 치고 나서야 비로소 내가 보였다. 수없이 비행기에 오르고 내리며, 나는 여행중독자처럼, 아니 구도자처럼 나를 다시 조립해 나갔다.

여행은 자신을 가장 객관적으로 바라볼 수 있는 완벽한 방법이다. 낯선 곳에 떨어져 누구의 자녀, 어디 소속의 사람이 아닌 발가벗겨진 '나'로 지내다 보면, 실망스러운 내 모습조차 안아줄 수 있게 된다.

햇볕이 따가운 여름, 나는 '나'를 찾겠다는 목표 하나로 다시금 낯선 땅을 향해 선다. 나는 그곳에서 지난날의 내 인생을 복기하고, 그 차가운 낯설음을 온몸으로 부딪칠 것이다.

그리고 확신한다.

16

꼭 다시 따뜻해질 것이다.
그리고 기필코, 행복해질 것이다.

1부

떠나야만 했기에

ARE YOU READY? ⸺

인도로 떠나기 일주일 전, 나는 병원을 찾았다.

"고생 따위 두렵지 않다, 죽더라도 도전하겠다"라며 호기를 부리던 내 입이 무색해지는 순간이었다. 혹시나 신이 나를 버려 몹쓸 병에라도 걸리면 가족과 지인들이 겪을 고통을 덜어야 한다는 핑계를 댔지만, 사실은 알고 있었다. 병마에 시달리며 초라해질 내 모습을 마주할 자신이 없었음을. 나는 그 누구보다 꼼꼼하게 질병 정보를 뒤졌고, 내 겁의 크기만큼이나 많은 양의 주사를 맞아야 했다.

진료실 앞, 순서를 기다리는데 문득 초등학교 시절이 떠올랐다. 줄을 서서 기다리던 그 공포의 예방접종 날. 타의에 의해 억지로 끌려와 바들바들 떨던 아이는, 이제 병에 걸릴지도 모른다는 두려움을 방패 삼아 스스로 팔을 걷어붙이고 있다.

따끔, 하는 찰나의 통증과 함께 두 개의 주사바늘이 내 팔을 파고들었다. 장티푸스와 B형 간염에 맞서 싸울 항체들이 내 몸속에 진지를 구축할 무렵, 나는 인도 대사관에서 비자가 찍힌 여권을 찾아 나왔다.

하루 만에 인도로 떠날 육체적, 행정적 준비가 끝났다.

집으로 돌아오는 버스 안, 차창 밖 풍경을 보며 다짐하고 또 다짐했다.

'타지마할의 웅장함이나 갠지스강의 신비로움에 취해 정작 나를 찾는 걸 잊지 말자. 반드시 나를 찾아서 돌아오자.'

마음속에 새기고 또 새기다 보니, 그 다짐은 어느새 모세의 십계명처럼 단단한 비석이 되어 가슴 한가운데 박혔다. 그렇게 정신적 준비마저 끝마쳤다.

이제 정말 떠날 일만 남았는데 아이러니하게도 출발이 다가올수록 내 곁은 사람들로 북적였다. 인도에서의 고생을 예고하며 신이 나를 붙잡아두려는 심산이었을까 아니면 영국에서의 지독했던 외로움에 대한 보상심리였을까.

원래의 계획은 나를 설명하는 불필요한 '수식어'들을 끊어내는 것이었다. 하지만 나는 단절 대신 오히려 더 많은 수식어를 만들어 나를 인간관계 속에 구겨 넣고 있었다.

사람을 곁에 두고자 하는 욕심, 끊임없이 이어지는 술자리와 음식들, 그리고 팔뚝에 심어 넣은 수많은 예방접종까지.

나는 많은 것을 버리기 위해 역설적이게도 참 많은 것을 가지고 떠난다.

모든 준비가 완벽해질수록 이상하게 두려움은 짙어졌다. 여행은 익숙했지만 '여행'이라는 이름 아래 이렇게 오랫동안 삶의 궤도를 이탈해 본 적은 없었다. 취업 전선에 뛰어들어 하나둘 자리를 잡아가는 친구들을 보면, 나만 홀로 뒤처지고 있다는 패배감이 불쑥 고개를 들었다.

그 불안을 잠재우기 위해 나는 출국 전 일주일간 마치 도망치듯 사람을 만났다. 술에 취해 비틀거리는 걸음으로 터벅터벅 집에 돌아오면, 텅 빈 침대조차 이런 나를 낯설어했다. 해가 중천에 뜰 때까지 자는 둥 마는 둥 뒤척이다 일어나 예방접종을 하러 병원에 가고, 도서관을 기웃거리다 다시 어둠이 내리면 사람을 찾아, 술을 찾아 거리를 헤맸다.

세상의 해는 예정된 시간에 뜨고 졌지만 나의 시간은 고장 나 있었다.

인도로 간다는 막연한 두려움은 나의 일상을 집어삼켰고, 나는 태양이 뜰 때 잠이 들고 태양이 질 때 깨어나는 기이한 뫼비우스의 띠 위를 걷고 있었다.

비행기 바퀴는 구르고
내 마음도 구르다

드디어 결전의 날이 밝았다. 하지만 하늘은 나의 인도를 탐탁지 않게 여기는 듯했다. 아침부터 추적추적 내리는 비는 마치 내 여행을 만류하는 경고 같았다.

"비행기에서 자면 그만"이라는 핑계로 밤새 뜬눈으로 뒤척인 탓에, 머릿속은 안개가 낀 듯 멍하고 지끈거렸다. 우여곡절 끝에 공항에 도착해 체크인을 마치고 나서야 심장이 쿵쿵 뛰기 시작했다. 이제 정말 떠나는구나. 이 설렘을 글로 남기고자 했다. 하지만 비행기에 올라 야심 차게 공책을 펼치려던 계획은 수포로 돌아갔다. 활주로를 달리던 바퀴가 땅에서 떨어지기도 전에 나는 기절하듯 불편한 잠 속으로 빨려 들어갔다.

누군가 여행은 '기다림의 미학'이라 했던가. 하지만 꼬리에 꼬리를 무는 기다림 속에서 미학은 사라지고, 나는 서서히 마모되어 갔다.

경유지인 말레이시아 공항. 인도로 향하는 다음 비행기를 기다리는 5시간 동안 내 몸은 비명을 질러댔다. 수면 부족이 불러온 피로감, 으슬으슬 오르는 미열, 그리고 최대한 비용을 아끼고자 저가항공의 티켓을 끊었던 탓에 그 흔한 기내식조차 나오지 않아 텅 빈 위장의 쓰라림까지. 몸은 살려달라고 애원하고 있었다. 급한 대로 공항에서 간식을 사서 밀어 넣었지만 허기만 겨우 면할 뿐이었다.

몸이 무너지니 마음도 얇아졌다. 여행을 떠난다는 설렘의 자리는 어느새 '짜증'이 차지해버렸다.

'사람들은 왜 이렇게 시끄러운 거야.'

'말레이시아어 방송을 어떻게 알아들으라는 거지?'

'영어 발음은 또 왜 저래?'

평소라면 웃어넘겼을 것들이 날카로운 가시가 되어 내 신경을 긁어댔다.

미간을 찌푸린 채 의자에 널브러져 있는데 문득 시야에 사람들이 들어왔다. 동아시아, 동남아, 서양인들... 각기 다른 피부색과 언어를 가진 이들이 뒤섞인 공항은 거대한 인산인해였다. 하지만 기묘하게도 그들은 혼란 속에 침묵을, 침묵 속에 혼란을 유지하며 그들만의 질서를 지키고 있었다.

　처음 여권을 쥔 여행자, 일자리를 찾아 떠나는 가장, 들뜬 가족들. 저마다의 사연을 품고 거대한 금속 날개를 기다리는 그들의 표정은 하나같이 행복해 보였다. 여행을 마치고 지쳐 돌아가는 이들조차 생기가 돌았다. 오직 나만, 나만이 이 축제에서 소외된 이방인 같았다.

　나도 저들 틈에 섞여 '여행자'로서 행복해지고 싶었다. 하지만 바닥난 체력으로는 기대감을 끌어올릴 힘조차 없었다. 결국 나는 낭만 대신 생존을 택했다.

　공항 구석진 자리를 찾아 담요를 뒤집어쓰고 몸을 뉘었다. 화려한 공항 바닥에 웅크린 내 꼴이 노숙자 같아 헛웃음이 났지만, 밀려오는 수마를 이길 재간은 없었다. 그 쪽잠은 달콤했다. 너무 달콤해서 탈이었다.

　혼란스러운 소음 속에서 기적처럼 깊은 잠에 빠져버린 나는, 탑승 마감 시간을 코앞에 두고서야 눈을 떴다. 낭만? 사색? 그런 건 사치였다. 나는 출발 10분 전 닫히려는 비행기 문을 향해 미친 사람처럼 허겁지겁 뛰어야 했다.

　그렇게 나의 인도 여행은 우아한 비행이 아닌 숨 가쁜 질주로 시작되고 있었다.

인도가 만만한 줄 알았지?
그랬지

우여곡절 끝에 인도 땅을 밟았다. 입국 심사를 마치고 수하물 벨트 앞에 섰다.

비행기가 활주로에 멈췄다고 해서 비행이 끝난 것은 아니다. 어딜 가든 내 짐을 안전하게 손에 쥐어야만 비행의 마침표가 찍히는 법이다.

긴장 속에 레일 위로 밀려 나오는 짐들을 주시했다. 잠시 후 익숙한 45L 배낭이 내게 도착했다. 그런데 뭔가 허전했다. 배낭 옆구리에 붙어 있어야 할 침낭이 보이지 않았다. 따로 챙기는 게 귀찮아 테이프로 칭칭 감아 보냈던 게 화근이었다. 나의 게으름이 부른 참사였다.

다급한 마음에 근처 직원에게 다가가 물었다.

"여기 붙어 있어야 할 침낭이 없는데요?"

"잠깐만요."

짧은 대답과 함께 사라진 직원은 잠시 후 어디선가 내 침낭을 들고 나타났다. 그는 마치 자기 물건을 억지로 빼앗긴 사람처럼 퉁명스러운 표정으로 침낭을 툭 던져주고는 가버렸다. 고마워해야 할지, 황당해해야 할지 판단이 서지 않았지만, 어쨌든 모든 짐이 내 손안에 들어왔다. 그거면 됐다.

약간의 미소를 머금고, 나는 당당하게 자동문을 통과해 공항 밖으로 나갔다. 이토록 순탄하게 인도가 시작되는구나 싶던 찰나, 눈앞에 펼쳐진 광경에 다리의 힘이 풀리고 말았다.

'아, 나가면 안 되는데.'

도착 시각은 밤 11시. 시내로 나가는 방법은 비싼 프리페이드 택시뿐이었다. 최소한의 경비로 움직여야 했던 나는 다음 날 새벽 6시 30분 첫 셔틀버스가 뜰 때까지 공항 로비에서 버틸 계획이었다. 그런데 아무 생각 없이 '출구'를 통과해버린 것이다.

인도 공항은 보안상의 이유로 한번 나가면 재입장이 불가능하다는 악명을 익히 들어 알고 있었다. 등 뒤의 문은 이미 굳게 닫혀 있었다.

문을 지키고 있는 소총 든 경찰에게 다가가 최대한 불쌍한 표정으로 사정했다.

"실수로 나왔어요. 버스 기다려야 해서 안으로 다시 들어가야 해요."

하지만 돌아온 건 차가운 거절뿐이었다.

"No entry."

결국 나는 에어컨 바람이 나오는 시원한 공항을 유리벽 너머로 바라보며, 습하고 무더운 인도의 길바닥에 나앉게 되었다. 이것이 나의 첫 인도 숙소였다.

서틀버스 승강장 구석에 쭈그리고 앉아, 인도의 뜨겁고 끈적한 공기를 들이마셨다. 후회해봤자 이미 엎질러진 물이었다. 도대체 이 찜통 속에서 7시간 동안 무엇을 해야 한단 말인가. 아무런 생각도 나지 않았다.

그렇게 나는 유리벽 안쪽의 천국을 등진 채, 멍하니 인도의 밤 공기와 함께 7시간을 흘려보냈다. 인도의 밤은, 참으로 길고 무거웠다.

인도를 맛보다

새벽의 푸른 기운을 뚫고 버스가 거친 숨을 몰아쉬며 멈춰 섰다. 포트코친. 나의 첫 번째 목적지에 발을 디디자마자 인도의 습한 공기가 전신을 휘감았다. 예약된 숙소는 없었다. 믿을 건 젊음과 두 다리뿐이라며 호객꾼들의 명함을 애써 외면하고 걸음을 옮겼다. 하지만 작열하는 태양 아래 앞뒤로 멘 배낭은 내 어깨를 짓눌렀다. '스스로 개척하겠다'던 자존심의 유효기간은 그리 길지 않았다.

결국 나는 세 번째 호객꾼의 끈질긴 권유에 백기를 들고, 패잔병처럼 그의 손에 이끌려 게스트하우스에 입성했다.

짐을 던져두고 욕실로 향했다. 온수 따위는 기대하지 않았다. 수도꼭지를 끝까지 돌려 가장 차가운 물을 틀었다. 땀과 먼지로 뒤

덮인 몸 위로 서늘한 물줄기가 쏟아지자 비로소 뇌가 다시 작동하는 기분이었다. 몸은 물 먹은 솜처럼 무거웠지만, 중천에 뜬 태양과 요동치는 허기는 나를 가만두지 않았다.

낯선 골목을 헤매다 들어간 식당에서 나는 거의 구조 신호를 보내듯 주문했다.

"가장 자신 있는 걸로 주세요."

직원은 '아팜(Appam)'과 야채 스튜를 내왔다. 쌀가루 반죽을 얇게 펴 구워낸, 한국의 술빵처럼 은은한 향이 나는 빵이었다. 허기가 반찬이었을까. 바삭한 가장자리를 뜯어 코코넛 밀크가 들어간 스튜에 적셔 넘기는 순간, 입안 가득 낯선 도시의 풍미가 퍼졌다. 그 한 끼의 포만감이 나를 다시 여행자로 일으켜 세웠다.

배를 채우고 나니 여유가 찾아왔다. 인도에 왔으니 발리우드 영화 한 편은 봐야겠다는 생각에 릭샤를 세웠다. 선한 눈매를 가진 중년의 기사였다. 시원한 바람을 맞으며 달리던 중 그가 백미러로 나를 몇 번이나 힐끔거리더니 어렵게 입을 뗐다.

"손님, 혹시 시간 괜찮으시면 저 좀 도와주실 수 있나요?"

긴장한 내게 그가 건넨 제안은 의외였다.

"만약 손님이 저기 기념품 가게에 들어가서 구경만 해주신다면 제가 주유 쿠폰을 받을 수 있어요. 물건은 안 사서도 됩니다. 그냥 5분만 있다 나오시면 돼요."

기념품 가게에 들어가 구경만 해주면 자신에게 주유 쿠폰이 생긴다는 것. 물건은 사지 않아도 된다고 거듭 강조하는 그의 표정에는, 가장의 절박함과 손님에 대한 미안함이 섞여 있었다.

"딸이 셋 있는데, 그 애들을 위해서예요."

그의 이마에 맺힌 땀방울을 본 순간, 거절이라는 단어는 내 사전에서 지워졌다.

"좋아요. 갑시다. 제가 연기 하나는 좀 하거든요."

그렇게 우리는 운전사와 승객이 아닌, 낯선 도시의 공범이 되었다.

가게에 들어서자 점원들이 달려들었다. 나는 능청스럽게 물건을 집어 들고 말도 안 되는 가격 흥정을 시작했다.

"이봐 친구, 800루피라니. 우리 우정을 봐서 100루피에 하자."

나의 터무니없는 제안에 점원은 질색하며 고개를 저었고 우리의 짧은 우정은 3분 만에 파기되었다. 그렇게 빈손으로 나오자 문밖에서 초조하게 기다리던 아저씨가 환하게 웃었다.

우리는 다섯 곳의 상점을 더 돌았다. 나는 에어컨 바람을 쐬며 시간을 보냈고, 아저씨의 주머니에는 쿠폰이, 얼굴에는 안도감이 차곡차곡 쌓였다.

영화관 앞, 영화를 보러 들어가는 순간에 아저씨는 짜이 한 잔과 과자를 건네며 내 손을 잡았다.

"나는 가난해서 공부를 못 했어. 그래서 네가 부러워. 내 딸들만큼은 꼭 공부시킬 거야."

달콤하고 쌉싸름한 짜이 향 뒤로, 그의 투박한 진심이 전해졌다. 영화가 끝날 시간에 맞춰 데리러 오겠다며 릭샤비 받기를 거부하는 그를 뒤로하고 극장으로 들어섰다.

극장 안은 서늘했고, 스크린 속 춤과 노래는 훌륭한 자장가가 되었다. 영화 내용은 기억나지 않는다. 하지만 깊은 단잠 끝에 개운하게 밖으로 나왔을 때 인파 속에서 나를 기다리고 있던 아저씨의 환한 미소만큼은 영화보다 더 영화 같았다.

"우리 집으로 가자. 밥 한 끼 대접하고 싶어."

따라나선 그의 집은 도시 뒷골목, 내가 몸을 들이밀기 미안할 만큼 비좁은 곳이었다. 하지만 그곳의 온도는 달랐다. 수줍게 웃는 세 딸, 손님을 위해 정성껏 차려낸 현지 가정식. 손으로 밥을 먹는 내 서툰 모습을 가족들은 호기심 어린 눈으로, 그러나 따뜻하게 지켜봐 주었다.

식사 후 나는 그들을 위해 카메라를 들었다.

"사진 한 번 찍어드릴게요."

가족사진이 처음이라며 아이들에게 새 옷을 입히고 아내에게 스카프를 둘러주는 아저씨의 손길이 분주했다. 뷰파인더 속, 서로의 어깨를 감싸 안고 웃는 그들의 모습 뒤로 한국에 있는 내 가족들이 겹쳐 보였다.

경계심으로 시작한 아침이었으나 그 끝은 무장해제였다. 화려한 유적지보다, 웅장한 자연보다 사람의 온기가 먼저 다가왔다. 향신료 냄새와 사람 냄새가 뒤섞인 이곳. 비로소 실감했다. 나는 지금 인도다.

나랑 하고 싶니?

에르나쿨람에서 막차 배를 타고 건너온 포트코친의 밤은 낮과는 전혀 다른 얼굴을 하고 있었다.

선착장에 발을 딛는 순간, 도시는 거대한 짐승의 아가리처럼 캄캄한 어둠을 벌리고 나를 집어삼켰다. 가로등은 드문드문 위태롭게 깜빡였고 어둠 속에 몸을 숨긴 현지인들의 흰자위만이 번뜩이며 이방인을 훑어내렸다. 그 시선들에서 뿜어져 나오는 위압감에 등줄기가 서늘해졌다. 걷는 것은 불가능했다. 나는 본능적으로 구명조끼를 찾듯 주변의 릭샤를 찾았다.

"버스 정류장 쪽, 얼마야?"

"40루피."

어둠을 틈탄 바가지 요금이었다. 나는 미간을 찌푸리며 일부러

더 거친 목소리를 냈다.

"장난해? 나 여기 일주일 살았어. 눈 감고도 가는 거리야. 20루피. 아니면 걸어가겠어."

걸어가겠다고 한 건 물론 허세였다. 하지만 내 주머니 속엔 정확히 20루피짜리 지폐 한 장이 쥐어져 있었다. 큰돈을 꺼내 거스름돈을 실랑이할 여유도, 용기도 없는 밤이었다. 나의 단호한 태도가 먹혀들었는지 기사는 고개를 끄덕였고 나는 릭샤의 낡은 시트에 몸을 던졌다.

엔진 소리와 함께 릭샤가 어둠을 가르기 시작했다. 기사는 룸미러로 나를 힐끔거리며 호구조사를 시작했다. 어디서 왔는지, 몇 살인지. 나는 건성으로 대답하며 머릿속으로는 오직 '생수' 생각뿐이었다. 밤새 인도의 찜통같은 더위에 시달릴 텐데 내일 아침, 눈 뜨자마자 마실 물이 없다는 건 재앙이었다.

"혹시 물 살 수 있는 슈퍼 좀 들를 수 있을까?"

"물론이지. 아직 문 연 곳을 알고 있어."

그의 친절은 거기서 멈추지 않았다. 어제 산 유심칩이 먹통이라며 폰을 만지작거리는 나를 보더니 기사는 가게 앞에 릭샤를 세우고 직접 통역까지 자처하며 점원에게 화를 내주었다. 비록 폰은 살아나지 않았지만, 위험하니 차 안에 꼼짝 말고 있으라며 물까지 사다 바치는 그의 태도는 과할 정도로 친절했다.

"정말 고마워요. 당신은 진짜 좋은 사람이야!"

"고마워, 네가 좋으면 나도 좋아."

그때였다. 룸미러에 비친 그의 눈빛이 끈적하게 달라붙는 느낌이었다. 하지만 나는 그저 과한 호의겠거니 넘기며 안일하게 생각했다. 그 안일함의 대가는 곧바로 찾아왔다.

잘 달리던 릭샤가 덜커덩거리며 멈춰 섰다. 숙소가 아니었다. 가로등 하나 없는 잡초가 무성한 공터였다. 사방은 칠흑 같은 어둠뿐, 인적이라곤 찾아볼 수 없는 고립된 공간이었다. 침묵 속에 엔진 소리마저 잦아들자 원초적인 공포가 밀려왔다.

'강도인가? 팬티까지 다 털리는 건가?'

식은땀이 척추를 타고 흘러내렸다. 기사가 천천히 릭샤에서 내려 내 쪽으로 다가왔다. 어둠 속에서 하얀 이만 드러낸 채 웃고 있는 그 얼굴이 기괴하게 일그러져 보였다.

"너… 입으로 하는 거 좋아해?"

귀를 의심했다. 사창가 호객행위인가? 나는 떨리는 목소리를 숨기고 최대한 태연한 적 물었다.

"왜? 뭐 예쁜 여자라도 소개해 주게?"

"아니. 내가 꽤 잘하거든."

그의 입에서 나온 말은 내 예상을 산산조각 냈다.

"나는 널 친구로 생각해. 난 내 친구한텐 서비스해 주거든. 오직 한국인만이야. 미국인, 일본인은 안 돼."

그의 논리는 뒤틀려 있었고 눈빛은 번들거렸다. 나는 헛웃음을 삼키며 단호하게 거절했다.

"하, 미안한데 난 지금 별로 생각이 없어. 게다가 남자끼리? 사양할게."

순간, 그의 표정이 싸늘하게 굳었다.

"난 너에게 물까지 사다 줬고, 몇 킬로미터를 더 돌았어."

협박이었다. 이 텅 빈 공터에서 그가 덮치기라도 한다면, 혹은 흉기라도 꺼낸다면 나는 속수무책이었다. 여기서 당황하면 끝이다. 내 소중한 존엄성을 저 남자의 입에 맡기느냐, 아니면 살아서 돌아가느냐. 선택지는 좁았고 시간은 없었다. 나는 필사적으로 머리를 굴렸다.

"물론 나도 그거 정말 좋아해. 네가 날 기분 좋게 해줬으면 좋겠어."

일단 그를 안심시켜야 했다.

"근데 나 지금 너무 피곤해. 게다가 여긴 너무 찝찝하잖아. 내일 우리 호텔로 와. 내가 널 초대할게. 거기서 제대로 하자."

내일 아침이면 이 도시를 뜬다. 그 사실 하나가 나에게 거짓말할 배짱을 쥐여주었다. 그의 눈초리가 의심으로 가늘어졌다.

"정말이지? 호텔 이름이 뭔데?"

"지금 명함이 없어서 이름을 몰라. 일단 데려다주면 알게 될 거야."

"좋아. 내일 내가 너를 아주 기분 좋게 만들어 줄게."

그가 다시 음흉한 미소를 지었다. 살았다 싶었다.

어서 시동을 걸라고 재촉하려던 찰나, 그가 릭샤 난간을 잡고 몸을 들이밀었다.

"잠깐. 근데 나 너의 '그곳'을 한 번 보고 싶어."

이 미친 자의 집착은 끝이 없었다.

"여기서 바지를 벗으라고? 미쳤어?"

"잠깐만 보자. 잠깐이면 돼."

그의 고집은 꺾일 기미가 없었다. 머릿속이 하얗게 탔다. 거절하면 시동을 걸고 출발하지 않을 기세였다. 그래, 목욕탕에서도 벗는데 까짓것 눈 딱 감고 보여주고 끝내자. 이 지옥 같은 공터를 벗어날 수만 있다면.

"딱 잠깐이다."

"약속할게."

나는 주위를 살피며 바지와 속옷을 내렸다. 달빛조차 없는 공터에서 남자에게 성기를 내보이는 기분은 수치심을 넘어 현실감이 없었다. 뚫어지게 쳐다보던 그가 홀린 듯 입을 가져다 대려 했다. 소스라치게 놀라 뒤로 물러섰다.

"그만! 여기까지야. 내일 해!"

나는 허겁지겁 바지를 추어올리고 소리쳤다.

"빨리 호텔로 가!"

다행히 그는 욕정을 억누르고 운전대를 잡았다. 호텔 앞에 도착해서야 나는 긴 숨을 토해냈다.

"내일 아침 9시에 데리러 올게."

그의 말을 뒤로하고 나는 도망치듯 방으로 뛰어 들어갔다.

다음 날 아침, 나는 첩보 작전을 수행하듯 움직였다. 9시 약속을 피하기 위해 8시 30분에 체크아웃을 하고 호텔에서 떨어진 식당 구석에 숨어 아침을 먹었다.

10시쯤 되었을까. 이제는 안전하겠지 싶어 식당을 나와 물을 사러 걷던 중이었다. 저 멀리서 뜨거운 시선이 느껴졌다. 릭샤꾼 한 명이 나를 뚫어지게 보고 있었다.

'설마.'

그였다. 지난밤, 내 바지 속을 탐하던 그 눈빛 그대로.

"어? 안녕? 왜 여기 있어?"

심장이 발밑으로 뚝 떨어졌다.

"네 호텔 앞에서 계속 기다리다가 방금 이쪽으로 나왔어."

집착이었다. 나는 태연한 척 거짓말을 이어갔다.

"그래? 나는 반대편에서 너 한참 기다렸는데."

내 뻔뻔한 거짓말에 그는 순진하게 눈을 깜빡였다.

"언제 호텔 갈 수 있어? 지금 갈까?"

"아, 미안. 나 지금 밥 먹던 중이라… 물만 사고 다시 들어가야 해. 밥 다 먹고 전화할게. 번호 줘 봐."

그는 꼬깃꼬깃한 종이에 정성스럽게 번호를 적어 건넸다. 그 순박한 모습이 지난밤의 광기와 겹쳐져 기묘한 불쾌감을 남겼다.

"물 사는 데까지 데려다줄게, 타."

"아니야, 바로 앞이야."

"타, 너 힘들어 보여."

끝까지 배려를 가장한 집착을 보이는 그를 억지로 떼어내고, 나는 꼭 전화하겠다는 지키지도 못할 약속과 함께 악수를 청했다. 그의 손은 축축했다.

그날 오후, 나는 뒤도 돌아보지 않고 마이소르행 버스에 올랐다. 버스가 포트코친을 벗어나는 순간, 주머니 속 그의 전화번호가 적힌 쪽지는 구겨진 채 쓰레기통 속으로 사라졌다.

그렇게 나의 20루삐짜리 거래는 등 뒤 식은땀과 함께 막을 내렸다.

전기의 부재

아침부터 전기가 나갔다. 푹푹 찌는 더위를 피해 찬물 샤워를 하고 밖으로 피신했지만, 한참 뒤 돌아온 집은 여전히 '찜통' 상태였다.

움직이면 더 덥다. 가만히 있는 게 상책이다. 나는 침대에 시체처럼 누워 '더위 버티기' 모드에 돌입했다. 실오라기 하나 걸치지 않은 자연인의 상태로, 흐르는 땀을 수건으로 닦아내길 장장 3시간. 이건 인내심 테스트가 아니라 생존의 문제였다. 도저히 안 되겠다.

"아주머니… 살려주세요. 아침부터 전기가 안 들어와요."

주인 아주머니를 찾아가 거의 울부짖다시피 하소연했다. 그런데 이게 웬걸? 내 절규가 무색하게 단 10분 만에 천장의 팬이 윙윙

힘차게 돌아가기 시작했다.

"누가 전기 차단기를 내려놨더라고. 그래서 안 들어왔던 거야."

아… 맙소사. 워낙 정전이 밥 먹듯이 일어나는 동네라 으레 '또 전체 정전이겠거니' 하고 미련하게 버틴 내 탓이었다. 아주머니는 차단기 위치를 알려주며 다음엔 여기부터 확인하라고 하셨다. 지난 4시간 동안 내가 흘린 육수와 스트레스가 사무치게 억울해지는 순간이었다.

차단기 내린 범인이 누군지 잡히기만 해봐라. 선풍기 없는 밀실에 딱 4시간만 가둬두고 이 찜통지옥 맛을 똑같이 보여주리라.

친구의 탈을 쓴 장사꾼

그는 마이소르의 밤하늘을 가르는 혜성처럼, 아니 정확히 말하면 궤도를 이탈해 내게 돌진하는 소행성처럼 나타났다. 웅장한 마이소르 궁전의 자태에 취해 감상에 젖어 있던 찰나, 불쑥 끼어든 그의 등장은 내 평화로운 사색에 낸 스크래치 같았다.

그는 대뜸 가문의 영광이라도 읊는 듯 자신의 가족사를 늘어놓기 시작했다. 전형적인 수법. 나는 미간을 찌푸리며 무시하려 했지만, 그의 눈빛에는 묘한 호소력이 있었다. 그 끈질긴 눈망울에 내 방어기제는 잠시 오작동을 일으켰고, 결국 우리는 몇 마디 대화를 나누게 되었다. 그는 살갑게 다음 행선지를 물으며 '친구'가 되고 싶다 청해왔다. 여행지에서의 열린 마음 탓이었을까, 나는 얼떨결에 그와 번호를 교환하고 내일의 만남까지 기약하고 말았다.

숙소로 돌아와 맞이한 저녁, 핸드폰이 짧게 진동했다.

좋은 밤 보내고 내일 꼭 다시 만나자!

그의 문자였다. 나는 주저 없이 '삭제' 버튼을 누른 뒤 곧바로 '수신 차단'을 설정했다. 내 손가락 놀림엔 망설임이 없었다.

만약 그가 내일의 일정에 '누나가 운영하는 비단 가게'와 '삼촌이 경영하는 아로마 오일 가게' 투어를 끼워 넣지만 않았더라면, 나역시 낭만적인 여행자로서 답장을 보냈을 것이다.

"그래, 너도 오늘 하루 잘 마무리하고 푹 자"라고.

하지만 나의 우정은 비단 스카프와 에센셜오일 앞에서는 발휘되지 않는다. 미안하지만, 안녕. 나의 짧았던 혜성이여.

무엇보다 무서운 선입견

버스에 올랐다. 불길한 예감은 틀리는 법이 없어, 술 냄새를 짙게 풍기는 거구의 남자가 내 옆에 털썩 주저앉았다.

오른쪽 어깨와 허벅지에 닿는 그의 체온이 불쾌했다. '취객'과 '거구'. 두 가지 키워드는 내 머릿속에서 즉시 '무례한 침범'이라는 결론으로 이어졌다.

나는 알량한 자존심을 세웠다. 절대 밀리지 않겠다는 일념으로 온몸에 힘을 주어 버텼다. 유치한 영토 전쟁 끝에 결국 그가 움츠러들었고 나는 묘한 승리감에 잠시 취했다.

하지만 고개를 돌려 자리를 확인한 순간, 승리감은 참담한 부끄러움으로 바뀌었다.

그의 자리를 침범하다 못해 3분의 1이나 차지하고 있던 건, 다름

아닌 나였다.

선입견은 물리적 감각마저 왜곡했다. '저 남자는 취했으니 당연히 내 자리를 밀고 들어오겠지'라는 오만한 확신이 멀쩡한 그를 가해자로, 무례한 나를 피해자로 둔갑시킨 셈이었다.

평소 "난 편견 따위 없는 사람이야"라고 자부했던 내 말이 얼마나 가벼웠는지 그제야 뼈저리게 느낀다.

오늘 밤엔 나한테 독한 술 한 잔 따라주며 이야기 해주고 싶다. 너 아직 한참 멀었다고. 진짜 취해 비틀거린 건 그 남자가 아니라 너의 비좁은 아집이었다고. 그리고 넌 아직 어리다고.

아주 그냥, 뱅갈루루

주말, 인도인 친구와 뱅갈루루로 향하는 아침 8시. 왕복 8시간이라는 살인적인 이동 시간은 내게 아무런 문제가 되지 않았다.

마이소르에는 없는, 오직 그곳에만 존재하는 '한국의 맛'을 친구에게 전파하겠다는 숭고한 사명감. 아니 사실은 그 빨간 맛을 내 위장에 때려 넣어야겠다는 원초적인 욕망이 이성을 지배했기 때문이다.

에어컨도 없는 찜통 버스에 몸을 실었다. 창문을 열자마자 인도의 거친 흙먼지와 매캐한 매연이 에어컨 바람 대신 들이닥쳤지만 우리는 개의치 않았다. 덜컹거리는 차체에 몸을 맡긴 채, 먼지를 이불 삼아 기절하듯 잠에 빠져들었다.

4시간 뒤 도착한 뱅갈루루는 확실히 마이소르보다 세련된 공기를 품고 있었다. 우리는 허기진 짐승처럼 한국 식당을 찾아 헤맸다. 마침내 마주한 메뉴판의 가격은 잠시, 아주 찰나인 3초간 나를 주춤하게 만들었지만, 주방에서 흘러나오는 알싸하고 매콤한 고향의 냄새가 내 지갑의 빗장을 무장해제시켰다.

둘이서 메뉴 네 개. 우리는 마치 수행자처럼 침묵을 지키며 숟가락만을 부지런히 놀렸다. 그건 식사라기보다는 그리움에 대한 포식이었다.

터질 듯한 배를 부여잡고 소화를 위해 들어선 백화점은 화려했지만 가격표는 냉혹했다. 인도라면 저렴 할 것이라는 순진한 기대는 글로벌 브랜드의 정가 정책 앞에서 산산조각 났다. 우리는 아이쇼핑으로 눈요기만 실컷 한 뒤 점심 폭식의 여파로 저녁을 생략한 채 다시 마이소르행 버스에 올랐다.

돌아오는 길은 낭만적이었다. 창밖은 타오르는 듯한 붉은 노을로 물들었고 친구와 나눠 낀 이어폰에선 감미로운 음악이 흘렀다.

"오늘 정말 완벽한 하루였어."

어둠이 내려앉은 마이소르에 도착해 웃으며 헤어질 때까지만 해도 나는 이 여행이 해피엔딩으로 끝난 줄 알았다.

하지만 진짜 이야기는, 불행하게도 쿠키 영상처럼 엔딩 크레딧 뒤에 숨어 있었다.

유료 주차장에 주차해둔 내 스쿠터가 보이지 않았다. 관리인에게 묻자 그는 턱짓으로 구석진 뒤편을 가리켰다. 불길한 예감이 등줄기를 타고 흘렀다. 왜 굳이 멀쩡히 주차해 놓은 스쿠터를 저 구석으로 옮겼을까? 달려가 확인한 스쿠터의 몰골은 처참했다. 핸들은 기괴하게 꺾여 있었고 시동 장치는 박살 나 있었다. 낭만이 분노로 바뀌는 건 한순간이었다. 얼굴이 터질 듯 달아올랐다.

"이봐, 아침에 멀쩡히 세워둔 걸 왜 멋대로 옮겨서 박살을 내놓은 거야?"

관리인은 세상만사 귀찮다는 듯, 나른하고 게으른 눈빛으로 나를 쳐다보며 자기 쪽으로 스쿠터를 끌고 오라해서, 시동도 안 걸리는 쇳덩이를 낑낑대며 그의 코앞까지 끌고 갔다.

"네가 옮기다 부셨으니 당장 고쳐놓던가 보상을 해."

나의 정당한 요구에 그는 기름을 끼얹었다.

"내 책임 아니야. 억울하면 내일 아침에 경찰 데리고 오던가."

뚜껑이 열린다는 게 이런 기분일까.

"장난해? 네가 부숴놓고 경찰을 데려오라니 지금 당장 고쳐내!"

내 고성에 사람들이 몰려들사 당황한 그는 상급사를 호출했다. 드디어 말이 통하는 사람이 왔나 싶어 아침에 받은 주차표를 당당히 내밀며 당당하게 보상을 요구했다. 그러나 그 상급자는 말없이, 아주 천천히 손가락을 들어 주차표 뒷면의 깨알 같은 글씨를 가리켰다.

오토바이/스쿠터의 분실 및 파손에 대해서는 일절 책임지지 않습니다.

그 한 줄의 문장은 면죄부였다. 황당함에 소리를 질러봤자 허공에 흩어질 뿐이었다. "그러게 경찰 데리고 다시 오시라니까"라고 말하는 듯한, 그 비열한 비웃음이 섞인 관리인의 면상에 주먹을 날리고 싶은 충동을 억눌러야 했다.

결국 나는 칠흑 같은 어둠 속에서 고장 난 스쿠터를 끌고 집으로 향했다. 완벽했던 하루의 끝, 입안에 남은 건 매콤한 한국 음식의 여운이 아니라 씹어도 씹어도 삼켜지지 않는 분노와 억울함이라는 씁쓸한 뒷맛뿐이었다.

힐(Heal)을 빙자한 헬(Hell)

지쳤다. 40도를 넘나드는 폭염에, 들이마시는 게 산소인지 매연인지 모를 탁한 공기에, 그리고 무엇보다 저 해맑게 뻔뻔한 인도 사람들에게 아주 지쳐버렸다. 야심 차게 시작한 아침 요가 수업이었지만, 내 몸뚱이는 이미 파업을 선언한 상태였다.

"선생님, 오늘 제 몸 상태가 영 아니에요. 억지로 하다간 사단이 날 것 같아요."

투정 반 엄살 반으로 수업을 조기 종료하고 도망치듯 샤워를 마쳤다. 비장한 표정으로 지갑을 챙겼다. 두툼한 현찰 뭉치, 한국 돈으로 무려 3만 원. 인도 물가를 생각하면 만수르가 부럽지 않은 이 '돈다발'을 들고 오늘 하루 제대로 된 금융 치료를 해보리라 마음먹었다.

시작은 꽤 그럴싸했다. 평소엔 거리가 멀어 침만 삼키던 맛집에서 바삭한 도사(Dosa)를 두 장이나 해치우고, 에어컨이 빵빵한 카페로 피신해 얼음 둥둥 뜬 아이스커피를 들이켰다. 시원한 에어컨 바람을 맞으며 책장을 넘기니 여기가 지상낙원이구나 싶었다. 하지만 '오늘 하루 완벽하게 힐링하겠구나' 싶었던 그 낙관은 거기까지였다.

두 시간의 독서 후 야심 차게 향한 마이소르 최고의 쇼핑몰은 나를 배신했다. 문을 열고 들어선 순간 느껴져야 할 냉기는커녕 "에어컨 고장, 와이파이 먹통"이라는 비보만이 기다리고 있었다. 땀을 뻘뻘 흘리며 생필품을 사고 떨어진 당을 채우러 푸드코트로 돌진해 평소 노래를 부르던 치킨버거와 치킨을 주문했다. 인도의 패스트푸드는 나름 고급 요리 축에 속하니 실패는 없으리라 믿었다. 하지만 한 입 베어 문 치킨에서는 육즙 대신 원유 같은 검은 기름이 주르륵 흘러내렸다. 경악을 금치 못하며 껍질을 벗겨내고 살코기만 발굴해 먹어야 했다. 버거는 더 가관이었다. 퍽퍽한 빵 사이에 시들다 못해 기절 식전인 야채, 그리고 소스는 오직 마요네즈뿐. 느끼함의 치사량을 초과한 그 음식들은 도저히 인간의 의지로 먹을 수 있는 것이 아니어서 결국 반도 못 먹고 쓰레기통으로 직행했다.

그나마 영화관의 냉기로 간신히 열기를 식히고 집에 돌아왔는데 오후 3시의 마이소르의 열기는 나를 가만두지 않았다. 집에 들어서자마자 툭, 하고 전기가 끊겼다. 힘없이 멈추는 선풍기 날개를 보며 내 이성도 함께 끊어지는 기분이었다. 바람 한 점 없는 40도의 방은 거대한 오븐이나 다름없었다. 견딜 수 없어 스쿠터를 타고 밖으로 나갔지만 도로 위는 매연과 소음의 아수라장이었다.

먹은 칼로리 대비 고생을 많이 해서인지 고칼로리의 음식이 땡겼다. 그때 문득 한국 피자헛의 그 짭조름하고 치즈가 보글보글 끓어오르는 '치즈 오븐 스파게티'가 사무치게 그리워졌다. 글로벌 대기업이라면 맛이 똑같겠지, 그 실낱같은 희망 하나로 30분을 달려 피자헛을 찾았다.

하지만 메뉴판 어디에도 스파게티는 없었고 혼자 먹을 만한 피자도 보이지 않았다. 울며 겨자 먹기로 시킨 치킨윙과 샐러드는 오늘 하루의 처참한 실패를 마침표처럼 찍었다. 샐러드는 양상추에 마요네즈를 들이부어 만든 '마요네즈 죽'이었고, 치킨윙은 바비큐 소스 바다에 익사한 채로 나와 혀가 아릴 정도로 짰다. 아침에 먹은 꿀맛 같은 도사의 40배가 넘는 거금을 치르고 나오면서 느낀 건 포만감이 아니라 뱃속 깊은 곳에서 올라오는 느끼함과 찝찝함 뿐이었다. 가뭄에 콩 나듯 쓴 거금이었는데, 완벽한 '비용 대비 불만족'의 하루였다.

집으로 돌아오는 길, 길거리 사탕수수 주스 한 잔으로 그나마 씁쓸한 입맛을 달랬다. 집에 도착해 찬물 샤워로 땀과 먼지, 그리고 하루의 분노를 씻어내고 침대에 누웠다. 이제야 좀 사람답게 쉬겠거니 생각한 순간, 다시 툭 하고 전기가 나갔다. 선풍기가 또 멈췄다. 갓 씻은 몸 위로 다시 끈적한 땀이 배어 나오기 시작했다. 에라 모르겠다. 나는 입고 있던 옷을 속옷까지 모조리 벗어 던졌다. 칠흑 같은 어둠 속, 실오라기 하나 걸치지 않은 알몸으로 침대에 대자로 뻗어 생각했다.

돈만 쓰고 몸은 고생한 오늘, 힐링은 무슨, 개나 줘버려라. 그냥 잠이나 자는 게 상책이다.

2부

여행이 일상이 된다면

HEY YOGI!

인도 마이소르의 후텁지근한 공기를 피해 도망치듯 들어선 곳은 '파스쿠찌'였다. 우리에겐 흔한 프랜차이즈지만 이곳에서는 에어컨 바람이 서늘하게 감돌고 와이파이 신호가 잡히는 거의 유일한 오아시스다. 한국 돈 2천 원, 현지 물가로는 사치에 가까운 아이스 아메리카노 한 잔 값은 영국의 살인적인 물가에 단련된 내게는 천국으로 향하는 저렴한 입장권이나 다름없었다.

카페 구석에 자리를 잡고 앞으로의 여정을 가늠하고 있을 때였다. 정적을 깨고 낯익은 외모의 무리가 들어서더니 실내를 중국어 성조로 가득 채웠다. 그 소란스러움 속에서 누군가 나를 힐끔거리는 게 느껴졌다. 찰나의 눈맞춤 끝에 내가 옅은 미소를 띠자 그는 기다렸다는 듯이 내게 다가왔다.

싱가포르에서 왔다는 그와, 대만에서 온 그의 친구들. 국적도 언어도 달랐지만 우리는 '이방인'이라는 공통분모 하나로 금세 내 자리 주위로 둥그렇게 모여 앉았다. 그중 싱가포르 친구는 마치 신입생을 챙기는 복학생 선배처럼 노련하고 다정한 눈빛으로 내게 물었다.

"마이소르에 온 지는 얼마나 됐어?"

"이제 겨우 이틀째야."

나의 대답에 그는 자신이 이곳에 머무는 이유를 들려주었다. 그는 지난 3년간 매년 두 달씩 요가 수련을 위해 이곳을 찾는다고 했다. 요가라니. 내게는 그저 유연한 사람들의 기예로만 보였던 그것을, 그는 '정신 수련'이라 칭하며 나에게 권했다.

"마이소르가 남인도의 '리쉬케시'라 불리는 걸 알고 있어? 아쉬탕가 요가의 발원지가 바로 여기야. 네가 원한다면 내가 도와줄게."

비틀즈가 머물렀던 북인도의 리쉬케시만 알았던 내게, 그의 말은 새로운 세계로 향하는 초대장 같았다. 호기심과 막연한 두려움 사이에서 머뭇거리는 나를 위해 그는 기꺼이 가이드가 되어주었다.

그의 현지 적응력은 놀라웠다. 비싼 게스트하우스에 묵던 나를 위해 한 달 살기 좋은 저렴한 집을 구해다 주었고, 말도 안 되는 가격에 스쿠터를 렌트해 주었으며, 심지어 자신의 스승에게 물어 초보자에게 적합한 요가원 등록까지 일사천리로 처리해 주었다. 낮

선 여행지에서 만난 타인에게서 받기엔 과분한 도움이었다.

모든 세팅을 마친 이틀 뒤, 그는 2개월간의 수련을 마치고 홀연히 고국으로 떠났다. 마지막 식사를 마치고 돌아서는 그의 뒷모습을 배웅하며 나는 손에 쥐어진 쪽지를 펼쳐보았다.

'요가에 푹 빠져 헤어 나오지 못하는 너의 모습을 상상하며 나는 떠날게. 부디 네가 진정한 요기가 되어, 언젠가 이곳 마이소르에서 다시 만나길 간절히 기도한다.'

그것은 단순한 작별 인사가 아니라, 어쩌면 나의 미래를 슬며시 밀어 보이는 예언과도 같았다. 과연 나는 그의 바람대로 진정한 요기가 되어 다시 그를 만날 수 있을까. 마이소르의 뜨거운 태양 아래, 나의 요가 수행은 그렇게 낯선 타인의 다정한 등 떠밀림으로 조용히 시작되고 있었다.

천천히, 천천히 그렇게 요기가 되는 거야.

천천히, 천천히
그렇게 요기가 되는 거야

대망의 요가 첫날. 아침 7시 기상, 7시 30분 센터 도착.

비장한 마음으로 들어선 그곳엔 선생님이 이미 와 기다리고 있었다.

그의 첫인상은 냉정하게 말해 '요가 마스터'보다는 '인자한 배불뚝이 옆집 아저씨'에 가까웠다. 저 묵직한 D라인으로 요가가 가당키나 할까 싶었다.

하지만 수업이 시작되자마자 내 편견은 산산조각 났다. 그의 뱃살은 위장술이 분명했다. 그는 흡사 뼈가 없는 연체동물처럼 몸을 자유자재로 접었다 폈다 하며 나를 충격에 빠뜨렸다.

반면, 대한민국 대표 '뻣뻣남'인 나에게 스트레칭은 수련이 아니라 그냥 '셀프 고문'이었다. 내 몸은 갓 잡은 생선처럼 파닥거리며 비명을 질러댔다.

"몸의 긴장을 푸세요. 그리고 뼈마디가 늘어나는 그 고통을 즐기세요."

선생님은 평온한 얼굴로 득도한 멘트를 날렸지만, 나는 속으로 외쳤다.

'선생님, 지금 근육이 찢어질 것 같은데 이걸 어떻게 즐깁니까!'

그렇게 1시간처럼 느껴진 1분의 고문들이 끝나고, 수업이 종료되었다.

그런데 신기한 일이었다. 죽을 것 같던 고통이 사라진 자리에 거짓말처럼 개운함이 밀려왔다. 이것이 요가의 매력인가. 찬물 샤워로 열기를 식히고, 습관처럼 사탕수수 주스를 마시러 갔다.

그런데 오늘, 우주의 기운이 내게로 쏠린 걸까.

무뚝뚝하던 주스 가게 아저씨가 웬일로 서비스라며 한 잔을 더 건넸다. 고통받은 내 근육에 대한 신의 보상인 게 분명하다.

오늘 하루, 시작부터 느낌이 꽤 좋다. 야호!

Chamoondi
그리고 Chamoondi

스쿠터의 엔진 진동을 느끼며 꼬불꼬불한 산길을 40분 남짓 달리면, 마이소르를 수호하는 차문디 여신의 거처, '차문디 힐'에 닿는다. 울적한 기분이 마음을 짓누르거나 부정적인 생각이 꼬리를 무는 날이면 나는 어김없이 이곳으로 향했다. 그 산길을 오르는 행위 자체가 나에게는 일종의 치유 의식과도 같았다.

붉은 가로등이 켜지는 저녁 무렵, 담벼락 위 명당에 가부좌를 틀고 앉으면 눈앞에는 믿기 힘든 광경이 펼쳐진다. 어둠이 내려앉은 마이소르 시내가 지상의 별처럼 반짝이고, 그 압도적인 야경을 마주하고 있노라면 '지금 이대로 생이 멈추어도 좋겠다' 싶은 충만한 평온이 밀려오곤 했다.

처음 차문디 힐에 올랐던 날을 기억한다. 눈앞의 풍경에 취해 이

어폰에서 흘러나오는 음악에 몸을 맡긴 채 감상에 젖어 있을 때였다. 그런 내 모습이 이질적으로 보였던 걸까. 인도 청년 무리가 호기심 어린 눈빛으로 다가와 말을 걸었다.

"사진 같이 찍을 수 있을까?"

여행의 흙먼지를 뒤집어쓴 꾀죄죄한 몰골이 부끄러웠지만, 나는 그들의 제안을 받아들였다. 셔터 소리가 수십 번이나 이어진, 짧지만 유쾌했던 촬영이 끝나고 그중 한 명이 내게 툭 던지듯 말했다.

"너, 참 자유로워 보인다. 부러워."

순간 머리를 한 대 맞은 듯했다. 남루한 여행자의 행색에서 그들은 '자유'를 읽어냈다. 어쩌면 나는 스스로를 너무 과소평가하고 있었던 건 아닐까. 늘 어딘가에 있을 파랑새를 찾아 헤매듯 자유를 갈망했지만, 타인의 눈에 비친 나는 이미 충분히 자유로운 영혼이었다. 나는 그제야 깨달았다. 나는 이미 자유라는 거대한 바다 속을 유영하는 한 마리의 물고기였음을. 내가 숨 쉬는 이 물이 바다인 줄 모르고 목말라했던 것뿐이었음을.

알아들을 수 없는 힌두교 경전 소리가 스피커를 타고 웅장하게 울려 퍼지는 곳. 기도를 올리는 간절한 등과 추억을 남기는 여행자들의 웃음소리, 그리고 거리의 음식 냄새가 뒤섞여 분주하면서도 묘한 평온을 만들어내는 곳. 차문디 힐은 여신이 인간에게 건네는 가장 아름다운 위로이자 선물이었다.

붉은 가로등 불빛 아래 앉아 나는 다시 음악을 켠다. 마이소르의 밤바람이 뺨을 스치고, 나는 비로소 인도의 깊고 진한 매력 속으로 천천히, 그리고 깊숙이 잠겨 들고 있었다.

인도의 맛

인도의 미각은 상상을 배반하는 곳에서 시작된다. 한국에서 맛보던, 그저 밥 위에 얹어 먹는 노란색 인스턴트 카레의 기억은 잊어도 좋다. 입안에서 훅 불면 날아갈 듯 가볍고 찰기 없는 길쭉한 쌀알과 화덕의 뜨거운 열기를 그대로 머금은 난, 그리고 수십 가지 향신료가 폭발하는 진짜 커리의 세계는 차원이 다르다. 여행에서 '먹는 것'이 차지하는 비중이 8할이라 믿는 나에게 인도는 매일매일이 혀끝에서 펼쳐지는 작은 축제였다.

남인도 코친에 발을 디뎠을 때 만난 '아팜'은 첫사랑처럼 강렬했다. 쌀가루 반죽을 얇게 펴 구운 이 빵은 가장자리는 얇고 바삭해 입술에 닿자마자 부서지는데, 가운데는 술빵처럼 몽글몽글하고 촉촉하다. 여기에 코코넛 밀크를 듬뿍 넣어 끓인 야채 커리를 푹 찍어 입에 넣으면, 고소하고 달큰한 풍미가 혀를 부드럽게 감싸 안으며 '인도에 온 걸 환영한다'고 속삭이는 듯했다.

에르나쿨람의 어느 호텔에서 맛본 '바나나잎 생선찜'은 또 어떤가. 바나나 잎에 꽁꽁 싸여 나온 이 요리의 포장을 벗기는 순간, 뜨거운 김과 함께 매콤하고 알싸한 향신료의 향기가 확 퍼져 나왔다. 비린내라곤 찾아볼 수 없는 두툼한 흰 살 생선은 매콤한 양념을 쪽 빨아들여 입안에서 사르르 녹아내렸다. 맵싹한 생선 살을 뜯어 아팜에 싸 먹는 순간, 내 혀는 비로소 완벽한 미각의 밸런스를 찾았다.

하지만 마이소르 미식의 정점은 단연 '도사'다. 그중에서도 전설이라 불리는 '말라리 호텔'의 아침은, 왜 사람들이 도사 하나를 위해 새벽부터 줄을 서는지 단번에 납득시킨다. 갓 구워 김이 모락모락 나는 도사는 겉은 크리스피하게 '파삭' 소리를 내며 씹히는데, 속살은 갓 구운 식빵처럼 보드랍다. 그 뜨거운 도사 한가운데에 버터 한 덩이를 툭 올리면, 황금빛으로 스르르 녹아내리며 고소한 냄새가 주변을 가득 채운다.

이 버터에 젖은 도사를 뜯어 차가운 코코넛 소스에 푹 찍어 먹는 그 맛. 뜨거움과 차가움, 버터의 기름진 고소함과 소스의 신선함이 입안에서 한 박자씩 왈츠를 춘다. 정신없이 도사 두세 장을 해치우고, 마지막 입가심으로 달콤하고 스파이시한 짜이 한 잔을 들

이켜면, "아, 이곳이 천국이구나"라는 탄성이 절로 나온다. 더 충격적인 건, 이 천국의 입장료가 고작 한국 돈 3,000원도 안 된다는 사실이다.

밤이 되면 나의 식욕은 거리로 향한다. 내가 단골로 삼은 길거리 식당은 낮과 밤의 얼굴이 다르다. 아침엔 소박한 백반집이다가 저녁이면 야식의 성지로 변신한다. 이곳의 주인공은 '고비 만츄리'다. 하얀 콜리플라워에 튀김옷을 입혀 기름에 바삭하게 튀겨낸 뒤, 꾸덕꾸덕하고 매콤 달콤한 칠리소스에 볶아낸 이 요리는 '밭에서 나는 치킨'이라 불러도 손색이 없다.

한 입 베어 물면 '와작' 하는 소리와 함께 매콤한 소스가 튀김옷 사이사이에서 배어 나오고, 뒤이어 콜리플라워의 아삭한 식감이 느껴진다. 여기에 톡 쏘는 인도의 국민 맥주 킹피셔 한 모금을 곁들이면, 한국의 '비 오는 날 파전에 막걸리' 조합은 잠시 뒤로 밀려난다. 탄산이 목을 긁고 지나가는 쾌감 뒤에 남는 기름진 감칠맛이란!

출출함이 가시지 않는다면 센 불에 웍을 돌려 밥알 하나하나 불맛을 코팅하듯 입힌 야채 볶음밥을 시켜 접시에 남은 걸쭉한 고비 만츄리 소스에 슥슥 비벼 먹어보면. 그 밤은 오래도록 잊을 수 없는 포만감으로 기억될 것이다.

매일매일 미각의 오르가슴을 느끼며 배가 터지도록 먹고 마셔도

계산서에 찍힌 금액은 언제나 3,000원 언저리. 인도는 내게 가르쳐 주었다. 진정한 행복은 혀끝에서 오고, 그 짜릿한 행복은 생각보다 훨씬 저렴하다는 것을.

다름은 인정하려는 노력

우리는 살아온 방식도, 중요하게 여기는 가치도 서로 다릅니다. 그러니 당신의 기준만으로 모든 것을 판단하거나 억지로 그 틀에 맞추려 하지는 않았으면 합니다.

'다르다'는 것이 '틀린' 건 아니라는 사실, 우리 모두 알고 있지 않나요. 나와 조금 다르다는 이유로 '틀렸다'고 쉽게 단정 짓는 태도만은 삼켰으면 좋겠습니다.

언젠가 자연스럽게 서로 어우러지는 날이 올 수도 있겠지요.

하지만 굳이 애쓰지 않아도 괜찮습니다. 그저 당신은 당신대로, 저는 저대로 서로가 다르다는 사실을 있는 그대로 존중해 주면 됩니다.

우유 도둑

인도 마이소르에서 요가를 배우며 한 달 살기를 하기 위해 방 5개짜리 셰어하우스에 머물렀다. 냉장고 하나를 다섯 명이 나눠 쓰며 각자의 식량 구역을 정해두었는데, 평화롭던 공용 주방에 균열이 생겼다. 누군가 내 저지방 우유를 훔쳐 먹기 시작한 것이다. 심지어 갓 사 온 새 우유마저 뜯겨 있는 걸 발견했을 땐, 황당함을 넘어 오기가 생겼다.

범인을 잡기 위해 룸메이트들의 동선을 분석해 보았다. 구성원은 프랑스, 독일, 미국, 캐나다에서 온 다국적 연합군.

일단 가장 늦게 합류한 캐나다 청년은 시기상 범인이 아니었고, 나보다 늦게 일어나는 미국인 여자도 범행 시간대가 맞지 않아 제외했다.

남은 건 프랑스 중년 남성과 독일 청년뿐.

며칠을 지켜본 결과, 프랑스 아저씨는 본인 물건에 대한 애착과 집착이 남달랐다. 바나나 갯수는 물론 위치까지 기억하며 예민하게 구는 성격상, 남의 물건에 함부로 손을 댈 사람은 아니었다.

소거법에 의해 남은 용의자는 독일인 남자, 단 한 명이었다. 그는 항상 나보다 일찍 아침을 먹었고, 내가 잠들 무렵 귀가해 야식을 즐겼다. 모든 정황이 그를 가리키고 있었다.

하지만 심증만 있을 뿐 물증이 없었다. 내가 할 수 있는 최선은 그저 포스트잇 한 장을 붙이는 것뿐.

'DO NOT DRINK ANYMORE'

고작 우유 하나에 온 신경을 곤두세우고 범인을 추리해 낸 나 자신이 조금은 우스우면서도, 한편으론 꽤 귀엽다는 생각이 들었다.

민망스러운 쪽지

독방 수감 생활 같은 2주가 흐르자 입에 거미줄이 칠 지경이었다. 대화 상대가 절실했다. 모두가 떠나고 옆방의 미국인 여자가 유일한 희망이었지만, 우리는 견우와 직녀보다 만나기 힘들었다. 밤새 고민하다 아날로그 감성을 담아 쪽지 한 장을 그녀의 방문 밑으로 슬라이딩했다. 내용은 담백하게, 목적은 맥주 한 잔.

하지만 답장은 오지 않았다. 하루, 이틀, 사흘… 무반응이 길어지자 내 자격지심이 발동했다.

'이건 무시가 아니라 인종차별이 분명해.'

거창한 명분을 갖다 붙이며 스스로를 위로하고 있을 때, 청소 아주머니가 사건의 전말을 들고 나타났다. 아주머니의 손에는 내가 보낸 쪽지가 들려 있었다.

"그 아가씨, 진작 미국 갔어. 빈방 청소하러 갔다가 주웠는데, 이거 네 거지?"

순간 쥐구멍을 찾고 싶었다. 아주머니는 해맑게 웃고 있었지만, 나는 내밀한 속내를 들킨 사람처럼 얼굴이 화끈거렸다. 아니라고 잡아떼기엔 '옆방'이라는 단어가 너무 구체적이었다.

결국 쪽지는 수신인 불명으로 반송되었다. 차라리 다행이다. 그녀가 내 구애(?)를 거절한 게 아니라 그저 물리적으로 받을 수 없었다는 사실이. 덕분에 내 알량한 자존심은 지킬 수 있었으니까. 그걸로 됐다.

감동적인 피조물 ──────────

여행지에서 문득 내가 그곳에 서 있다는 사실이 낯설고 신기하게 느껴질 때가 있다. 파리의 에펠탑 아래에서, 뉴욕의 타임스퀘어 한복판에서, 중국의 만리장성 위에서, 그리고 지금 인도 마이소르의 궁전 앞에서 그렇다.

예전에는 상상조차 하지 못했던 시간과 공간을 넘어, 나는 지금 새로운 사람들과 새로운 문화 속에 서 있다. 빛나는 궁전 앞에 모여든 수많은 이들을 바라보고 있노라면, 한 가지 질문이 떠오른다. 저 화려한 건축물이, 우리의 흥분된 눈앞에 펼쳐진 저 피조물이 도대체 무엇이길래 사람들을 이토록 감동시키는 것일까.

우리는 사진이나 영상으로만 접했던 것을 실제로 보기 위해 여행을 떠난다. 눈앞에 펼쳐진 실재를 통해 미처 다 전해지지 않았

던 감정을 비로소 완성시키려는 것이다.

저 거대한 건물이, 혹은 저 역사적인 장소가 무엇이길래, 수많은 사람의 마음은 물론이고 때로는 지극히 개인적이고 무덤덤한 나의 마음까지 흔들어 놓는 것일까. 결국 인간이 만든 피조물이 오늘도 나의 내면 깊숙한 곳을 건드려 경이로움을 선사한다. 그 순간의 감동이야말로 우리가 낯선 곳으로 발걸음을 옮기는 가장 솔직한 이유일 것이다.

TRAVELHOLIC

여행을 앞둔 시점, 정확히는 항공권 결제 문자가 날아오는 순간 비로소 피가 돈다.

카페인으로 억지로 깨운 각성이 아니라, 본능적인 흥분이다. 일상의 무기력함이 걷히고 '아, 이제 떠나는구나' 하는 실감이 몸을 지배한다. 남들이 아침 커피 없이는 못 살겠다고 아우성칠 때, 나는 여행 없이는 못 사는 몸이 되어버렸다.

스무 살 여름방학, 베이징을 시작으로 내 삶의 우선순위는 완전히 바뀌었다. 중국, 일본, 미국, 유럽을 거쳐 지금의 인도까지. 통장은 늘 '로그인' 하자마자 '로그아웃' 되는 정거장 같은 존재에 불과했다. 들어온 돈은 다음 여행을 위한 항공권과 숙소비로 증발했으니까.

덕분에 나의 20대는 지독하게 가난했다.

부모님께 받은 용돈은 밥값이 아니라 여행 적금이었다. 지갑은 늘 얇았고 생활은 궁핍했다. 하지만 그 궁핍함은 내가 선택한 것이었다.

물론 치러야 할 비용은 돈뿐만이 아니었다. 인간관계에도 구조조정이 필요했다.

친구들이 술잔을 기울이며 밤을 지새울 때, 나는 돈을 아끼려 일찍 자리를 떴다. "나와라", "한잔하자"는 연락을 밥 먹듯 거절하니, 어느새 휴대폰은 조용해졌다. 술자리에서 멀어지니 자연스레 무리에서도 밀려났다. 친구들이 모여 왁자지껄 떠들 시간에 나는 도서관 구석에 박혀 가이드북을 읽거나 루트를 짰다.

그렇게 나는 자발적 아웃사이더가 되었다.

친구를 잃고 고립을 자처한 시간들. 누군가는 청춘을 낭비한다고 혀를 찼을지 모르지만, 나는 후회하지 않는다. 사람에게 쏟은 시간은 배신으로 돌아올 때가 있어도, 낯선 길 위에 쏟은 시간은 그런 법이 없으니까. 내가 움직인 만큼, 딱 그만큼의 풍경과 경험을 정직하게 돌려주니까.

나는 여행을 사랑한다. 아니, 여행을 위해 기꺼이 고독해질 수 있는 나 자신을 사랑한다. 나는 그냥, 역마살 낀 채로 살기로 했다.

굿바이 마이소르

마이소르에서의 한 달, 그리고 다시 2주.

처음 마주했을 때의 그 생경했던 설렘은 시간이란 파도에 깎여나가고, 어느덧 이곳은 나의 낡은 일상이 되어버렸다. 여행자가 가장 경계해야 할 적, '익숙함'이 스며든 것이다.

낯선 도시가 주는 긴장감이 사라진 자리에 매너리즘이 똬리를 틀었다. 새로운 자극을 찾아 거리를 헤맸지만, 내 손에 쥐어진 것은 손때 묻은 지루한 추억들뿐이었다. 처음에 그토록 평화롭던 풍경들은 점차 '외로움'이라는 본색을 드러내며 나를 짓눌렀다. 군중 속에서도 나는 철저히 혼자였고, 그 고립감은 정체를 알 수 없는 스트레스가 되어 나를 갉아먹었다.

떠남을 사흘 앞둔 시점, 나는 도망치듯 새로운 것을 찾는 대신이 지독한 권태의 한복판으로 침잠하기로 했다. 다시는 오지 않을 이 순간의 여유, 그리고 나 자신을 향한 깊은 사색. 시간이 흐르면 마이소르의 구체적인 기억은 휘발되겠지만, 이 나른하고 고요했던 공기의 질감만은 영혼에 남겨두고 싶었다.

나의 하루는 의식처럼 반복되었다.

매일 아침, 한 달째 개근한 단골 카페 창가에 앉아 아메리카노와 마늘 토스트를 씹었다. 창을 넘어 쏟아지는 강렬한 햇살을 조명 삼아 나는 시공간을 넘나들었다. 〈오만과 편견〉을 펼치면 나는 어느새 19세기 영국의 사교계를 거닐었고, 〈그리스인 조르바〉를 읽을 때면 크레타섬 위에 서서 바다의 거친 바람을 맞았다. 현실의 권태를 잊게 해주는 유일한 망명지였다.

태양이 머리 꼭대기에서 맹렬히 타오르는 오후가 되면, 세상에서 가장 달콤한 위로인 망고를 베어 물었다. 열기가 도저히 견딜 수 없을 만큼 차오르면, 나는 피난처인 집으로 돌아왔다. 천장에서 힘겹게 돌아가는 팬 소리를 BGM 삼아 침대에 누워 레미제라블과 헤밍웨이의 문장들을 베껴 썼다. 그 위대한 작가들의 표현력을 내 손끝으로 훔치며 나는 전율했고 이내 좌절했다.

오후 5시, 운동복으로 갈아입고 요가원으로 가 매트 위에 서는 시간.

한 시간 반 동안 땀을 쏟아내고 나면 붉게 타오르던 태양도 비로소 퇴장을 준비한다. 노을이 번지는 하늘을 뒤로하고 나는 다시 고독한 나의 방으로 돌아왔다. 샤워를 마치고 향초를 켜면 방 안은 몽환적인 향기로 채워진다. 음악과 글, 그리고 끊임없이 달려드는 모기와의 사투. 그 소란스럽고도 고요한 밤들이 지나면 나는 넓은 침대에서 달콤한 꿈의 세계로 도피했다.

이제 그 길었던 사색의 계절을 닫고 나는 마이소르를 떠난다.

어쩌면 내 평생 다시는 밟지 못할 미지의 땅. 훗날 내 기억 속의 마이소르는 어떤 냄새, 어떤 온도로 남게 될까. 팩트로서의 기억은 희미해지겠지만 가슴을 파고들던 그 느낌만큼은 오래 남아 있기를 기대해 본다.

처음 도착했을 때 두려움과 낯설음으로 가득 찼던 그 버스 정류장이, 떠나는 지금은 마치 내 집 앞마당처럼 편안하게 느껴진다. 그렇게 또 한 번 나는 낯선 곳을 나의 세계로 만들었다.

3부

그러나, 결국 사람

HOME SICK

아침에 눈을 떴을 때, 침대 시트는 나의 식은땀으로 축축하게 젖어 있었다.

분명 창밖은 이글거리는 태양이 지배하는 곳이건만, 내 몸은 한겨울 눈보라 속에 버려진 듯 사시나무처럼 떨렸다. 미지근한 물조차 얼음장처럼 느껴지는 기이한 한기. 그것은 몸살이라기보다, 영혼이 앓는 신호 같았다.

실오라기 하나 걸치지 않고 다시 침대에 쓰러졌지만, 숨이 턱턱 막혀오는 기침 소리만이 텅 빈 방을 울릴 뿐이었다. 본능적으로 살아야겠다는 생각이 들어 옷을 챙겨 입고 스쿠터에 올랐다. 약국을 찾았지만, 돌아오는 것은 병원으로 가라는 무심한 대답뿐.

이방인이 되어 처음으로 찾아간 병원은, 마치 시간이 멈춘 듯 낡고 허름했다. 6, 70년대의 빛바랜 사진 속으로 들어온 기분. 하지만 그 낡은 풍경보다 나를 더 아프게 한 건 철저한 소외감이었다.

접수대 앞, 줄을 서 있는 내 등 뒤로 누군가의 손길이 닿았다. 뒤를 돌아보니 한 남자가 당연하다는 듯 나를 밀치고 앞을 가로막았다.

'비켜.'

말하지 않아도 들리는 듯한 그 뻔뻔한 눈빛. 평소 같으면 화를 냈겠지만, 열에 들뜬 나는 대꾸할 힘조차 없는 초라한 존재였다. 그 뒤로도 서너 명이 내 앞을 지나쳐 갔다. 5분이면 끝났을 접수가 20분이 넘도록 이어지는 동안, 나는 그들 틈에서 투명 인간이 된 기분이었다. 겨우 30루피, 우리 돈 몇백 원을 내고 2층으로 올라가는 계단이 1000층처럼 무겁게 느껴졌다.

진료실 안은 더욱 혼란스러웠다. 줄도, 규칙도 없는 그곳에서 의사를 둘러싼 사람들의 아우성이 가득했다. 나는 의자에 앉기 위해 40분을 서서 버텼다. 몸이 부서질 것 같은 고통보다 더 괴로운 건, 아무도 나를 신경 쓰지 않는다는 그 지독한 고독이있다.

드디어 마주한 의사.

그는 낡은 청진기를 내 가슴에 대고는, 소란스러운 병원 안에서 유일하게 고요한 눈빛으로 나를 바라보았다. 그는 내 몸의 열을 잰 뒤, 차트 위에 펜을 끄적이며 뜻밖의 말을 건넸다.

"향수병이네요."

순간, 멍하니 그를 바라보았다. 바이러스도, 감염도 아닌 향수병이라니.

의사는 사람 좋은 미소를 지으며 덧붙였다.

"고향이… 많이 그립죠? 그래도 힘내요. 다 괜찮아질 겁니다."

그 한마디가 혈관을 타고 흐르던 한기를 천천히 녹여내리는 듯했다.

나는 아픈 것이 아니었다. 그리운 것이었다. 엄마가 차려주던 따뜻한 밥상, 익숙한 골목의 냄새, 나를 아는 사람들의 다정한 목소리가 사무치게 그리워 내 몸이 비명을 지르고 있었던 것이다. 진료 과정은 무례하고 거칠었지만, 그 의사의 처방만큼은 세상 그 어떤 명의보다 정확했다.

집으로 돌아와 약 한 알을 삼키고 잠이 들었다.

네 시간 뒤 눈을 떴을 때 거짓말처럼 기침이 멎어 있었다. 그리고 비로소 창밖의 살인적인 더위가 피부로 느껴졌다. 다시금 뜨거운 인도의 태양 아래, 나는 혼자였지만 더 이상 춥지 않았다. 나의 병명은 그리움이었고 그 짧은 위로 한마디가 나를 치유했으니까.

엄마의 부재

아주 어릴 적, 밖에서 놀다 집에 돌아오면 나는 신발을 벗기도 전에 습관처럼 소리쳤다.

"엄마!"

대답이 없으면 세상이 무너진 듯 덜컥 겁이 났다. 엄마가 있어야 할 부엌이나 안방에 적막만 흐를 때면, 나는 그 텅 빈 공기를 견디지 못하고 현관에 주저앉아 울음을 터뜨렸다. 내 세상의 전부가 사라진 것 같은 막막한 공포였다.

얼마 후 현관문이 열리고 헐레벌떡 들어온 엄마가 나를 품에 안으면, 그제야 내 세상은 다시 안전해졌다. 엄마는 눈물 범벅이 된 내 얼굴을 거친 손으로 투박하게 닦아주며, 시장에서 사 온 과자를 손에 쥐여주곤 했다. 엄마 냄새와 과자 냄새가 섞인 그 품이 얼마나 따뜻했던지.

그 시절 나에게 집이란 건물이 아니라 '엄마가 있는 곳'이었다. 그래서 나는 엄마의 껍딱지를 자처했다. 시장바구니를 든 엄마 뒤를 졸졸 쫓아다니고 친구 모임까지 따라가 귀찮게 굴었다. 잠시라도 엄마의 온기가 없으면 불안했던 나는 그런 겁쟁이였다.

어느덧 시간이 흘러 어른이라는 이름을 달았다. 이제 현관문을 열었을 때 나를 반기는 건 엄마의 미소나 구수한 찌개 냄새가 아니다.

여행지의 낯선 호텔 방문을 열면 차가운 에어컨 바람과 짙은 어둠만이 나를 응시하고 있다. 한국의 자취방에서도 마찬가지였다. 도어락이 해제되는 기계적인 소리 뒤에 이어지는 건, 언제나 무겁게 가라앉은 적막뿐이었다.

하지만 나는 더 이상 현관 앞에서 울지 않는다.

어둠을 무서워하던 아이는 이제 스위치를 켜 불을 밝히는 법을 배웠고 텅 빈 방의 냉기를 혼자 견디는 법을 익혔다. 엄마의 부재가 나를 공포로 몰아넣던 시절은 지났다. 나는 의연하게 짐을 풀고 혼자 밥을 먹고 잠을 청한다. 나의 공간에서 엄마가 없다는 사실이, 그 서늘한 부재가 이제는 너무나 당연한 일상이 되어버린 탓이다.

그런데 오늘따라 괜찮다고 믿었던 마음 한구석이 시리다.

어른이 되었다고 해서 외로움까지 무뎌진 것은 아니었나 보다. 어둠에 익숙해진 눈이, 침묵에 익숙해진 귀가 오늘따라 유난히 고단하다.

아무 말 없이 문을 열어주고 울고 있는 나를 그저 안아주던 그 투박한 품.

나의 겁 많음을 탓하지 않고 빈손에 과자를 쥐여주던 그 따뜻한 위로.

어둠 속에 혼자 서 있는 지금, 그 시절의 엄마가 사무치게 보고 싶다.

"엄마."

허공에 조용히 불러보는 것만으로도 눈시울이 뜨거워지는, 나의 영원한 안식처가 그립다.

열어보기 두려운 카톡

"잘 잤어?"

망설임 끝에 보낸 안부는 허공을 맴돌고

"뭐 해?"

애타는 물음은 닿지 못한 채 흩어진다.

"바쁜가 보네…."

스스로를 달래는 혼잣말만 조용히 쌓여갈 때

노란 말풍선 옆,

좀체 지워지지 않는 숫자 1이 야속해

홀로 그려본 너와의 미래가

바람 앞 촛불처럼 위태롭게 흔들린다.

차라리 영영 사라지지 않기를.

저 숫자가 지워지고도 침묵만이 흐른다면

나는 숨 쉬는 법마저 잊어버릴 테니.

등 돌린 너를 뒤로한 채

무심한 길가 돌멩이들에게 나직이 뱉어보는 변명.

"나는 사랑을 해본 적이 없어."

그 서툰 거짓말을 채 삼키기도 전에

손끝은 다시 너를 향하고

나는 또다시 바보처럼 말을 건다.

두 자리의 숫자

나이라는 숫자가 무거워진다는 건, '하지 말아야 할 것'에 대한
책임과 '반드시 해내야 하는 것'에 대한 압박이 동시에 늘어난다는
뜻이다. 고작 두 자리 숫자가 나의 사회적 위치를 단정 짓는 세상.
그 숫자가 도대체 나를 위해 무엇을 증명하는지 알 길 없어 방황
하던 한 남자는, 차라리 그 숫자를 외면하기로 마음먹었다.

하지만 '이단아'로 살기에 그는 뼈 속까지 너무도 순종적이었다.

굴하게 살고 싶었으나 타인의 시선이라는 끈끈한 거미줄을 끊어
내기엔 역부족이었던 것.

결국 그는 담담하지만 서글픈 결론에 도달했다.

이 지독한 숫자의 굴레는 내 심장이 멈추고 그 야속한 카운팅이
완전히 멈추는 그날에야 비로소 벗어질 수 있을 것이라고.

소개팅과 취업의 관계

주말 오후, 빳빳하게 다림질한 셔츠를 입고 약속 장소로 향하는 당신. 문득 이런 생각이 들지 않나요? "나 지금 데이트하러 가는 거야, 아니면 면접 보러 가는 거야?" 맞습니다. 우리는 인정해야 합니다. 소개팅이라는 이 달콤한 단어 뒤에는 사실 '취업 전쟁'보다 더 피 말리는 선발 과정이 숨어 있다는 것을요.

시작부터 가혹합니다. 내가 보여줄 수 있는 것은 내 인격이 아니라 달랑 사진 몇 장과 나이, 직업이 적힌 짧은 프로필뿐이죠. 이게 서류 전형이 아니면 뭘까요? 상대방의 스마트폰 화면 속에서 내 사진이 1초 만에 '광탈' 처리될지, '서류 합격'을 받을지 결정되는 그 순간, 우리는 짐작조차 할 수 없는 냉정한 평가대에 올라 있는 셈입니다.

그 좁은 바늘구멍을 뚫고 마주한 파스타 집, 이곳은 더 이상 맛집이 아니라 살벌한 '압박 면접장'으로 변모합니다. 상대방은 내 미래의 연인이 될 수도 있는 사람이지만, 당장은 나를 채용할지 말지 결정권을 쥔 깐깐한 '면접관'이나 다름없습니다. 어색한 미소 뒤에 숨겨진 그들의 눈빛은 내 말투, 식사 예절, 옷차림, 심지어 유머 감각이라는 '직무 적합성'까지 나노 단위로 스캔하고 있으니까요. 행여나 말실수라도 할까 봐 파스타가 코로 들어가는지 입으로 들어가는지 모르는 그 긴장감, 최종 임원 면접 때 느꼈던 그 마른침 삼키는 기분.

"들어가세요, 오늘 즐거웠습니다."

헤어지고 돌아오는 길, 진짜 지옥은 이때부터 시작됩니다. 면접관(상대방)의 마음에 들었는지 확신할 수 없는 '을'인 지원자는, 떨리는 손으로 먼저 애프터 신청 카톡을 보냅니다. 마치 면접 후 감사 인사를 보내며 합격 통보를 기다리는 취준생처럼 말이죠.

1이 사라지지 않거나, 답장이 늦어진다? 그건 상대방이 바빠서가 아닙니다. 냉정하게 말해 '불합격 통보'를 에둘러 표현하고 있는 겁니다. 회사에서 "귀하의 뛰어난 역량에도 불구하고…"라는 문자로 탈락을 알리듯, 소개팅 시장에선 '읽씹'이나 '단답'이라는 무언의 방식으로 채용 의사가 없음을 알리는 것이죠.

그러니 오늘 밤, 혹시라도 오지 않는 답장을 기다리며 이불킥을

하고 있다면 너무 자책하지 마세요. 당신이 부족해서가 아니라, 그저 이번 회사의 인재상과 당신이라는 지원자가 맞지 않았을 뿐입니다. 툭 털고 일어나십시오. 이 지독한 '애정 취업 시장' 어딘가에는 당신이라는 사람을 '정규직'으로 평생 채용하고 싶어 하는, 당신에게 딱 맞는 꿈의 직장이 반드시 기다리고 있을 테니까요.

빈자리 그리고 가식

늘 혼자였다. 내 주변은 언제나 사람들로 북적였지만 정작 '내 사람'이라 부를 수 있는 이는 단 한 명도 없었다. 군중 속에 있어도 나는 철저히 고립된 하나의 섬이었다.

내 진짜 모습을 들키면 모두가 떠나버릴 것 같았다. 그 두려움 때문에 나는 필사적으로 나를 감췄다. 하지만 역설적이게도, 사람들을 등 돌리게 만든 건 나의 못난 진심이 아니라 빈틈없이 정리된 '가식'이었다.

어느 누구도 깎아놓은 듯 완벽한 가짜를 진심으로 사랑해주지 않는다는 걸, 아주 오랜 시간이 흐른 뒤에야 깨달았다. 내가 껍데기뿐인 관계를 붙들고 씨름하는 동안 다른 이들은 이미 투박하지만 단단한 진짜 관계를 쌓아 올리고 있었다. 나는 그들이 만든 따뜻한 원 밖에서 오래도록 서성일 뿐이었다.

그렇게 마음에 커다란 구멍을 남긴 채 나는 '외롭지 않다'고 자부하며 살았다. 아니, 그렇게 믿고 싶었다. 그러던 어느 날, 마음 깊은 곳에서 낯선 목소리가 울렸다.

"너, 정말 외롭지 않은 게 맞아?"

그동안 나 자신조차 감쪽같이 속여왔기에 애써 모른 척하려 했다. 하지만 이번엔 달랐다. 나는 정말로 사무치게 외로워서, 그 물음 앞에서 끝내 무너질 수밖에 없었다. 빠져나갈 구멍도, 둘러댈 변명도 더는 남아있지 않았다.

그제야 비로소 '잔인한 외로움'의 실체를 마주했다. 내가 안전하다고 믿었던 그곳은 사실 아무도 들어올 수 없는, 나만의 차가운 울타리였다. 진짜 외로움이란 남들뿐만 아니라 나 자신까지도 완벽하게 속일 수 있는 조용한 병이었다.

내 안에는 여전히 주인이 없는 빈자리가 덩그러니 놓여 있다. 지금 내가 할 수 있는 일이라곤, 언젠가 누군가 앉게 될 그 자리를 묵묵히 쓸고 닦는 것뿐이다. 이제는 화려한 가면이 아닌, 조금 초라하더라도 진실한 내 얼굴을 마주해 줄 누군가를 간절히 기다리면서.

혹시 지금, 사람 사이의 관계 때문에 잠 못 이루는 당신이 있다면 이 말만은 꼭 해주고 싶다.

부디 너무 늦기 전에, 당신의 그 투박하고 진실한 모습을 보여주기를. 사람들은 당신의 완벽한 연기가 아니라 조금 흐트러지더라도 따뜻한 온기가 전해지는 '진짜 당신'을 기다리고 있을지도 모르니까.

흉터

마이소르의 한 공원에서 자전거를 타다 눈앞에 펼쳐진 풍경에 넋을 잃었다. 그 바람에 균형이 무너져 그대로 넘어지고 말았다. 다리에는 금새 피가 맺혔다.

집으로 돌아와 약을 바르고 밴드를 붙이며 문득 이 상처가 흉터로 남았으면 좋겠다고 생각했다. 먼 훗날 기억이 흐릿해졌을 때 내 다리의 흉터를 보며 나를 넘어뜨릴 만큼 아름다웠던 그 풍경을 다시금 떠올리고 싶었기 때문이다.

그날 나는 처음으로 문신에 대한 생각을 고쳐먹었다. 몸에 무언가를 새긴다는 건, 잊고 싶지 않은 순간을 몸으로 간직하려는 기록일지도 모른다는 생각이 들어서였다.

AFRAID OF LOVE

　스물둘, 대학에 입학하고 두 해가 지났을 무렵이었다. 내 생애 다신 없을 것처럼 열렬히, 온 마음을 다해 누군가를 사랑했다. 물리적인 거리는 마음의 속도를 늦추지 못했다. 그 사람을 보기 위해 버스에 몸을 싣고 달렸던 왕복 대여섯 시간의 길. 덜컹거리는 차창 밖 풍경보다 내 머릿속은 온통 그 사람과의 미래로 가득 찼고, 그 지루하고 고단한 여정이 내게는 설렘이라는 이름의 축복이었다. 그때 나는 믿었다. 이것이 사랑이라고. 나도 드디어 사랑을 하고 있다고.

　다섯 번이었다. 자존심 따위는 내려놓고 매달린 끝에야 겨우 그 사람과 '연인'이라는 이름을 공유할 수 있었다. 하지만 아이러니하게도 그토록 갈망하던 사람을 내 옆에 두자마자, 사랑은 순식간에 집착이라는 괴물로 변질되기 시작했다. 사랑이 깊어질수록 불안은 덩치를 키웠고, 집착은 의심을 낳았으며, 의심은 결국 스스로를 갉아먹는 낙심으로 변해갔다.

겨우 2주였다. 그토록 간절히 원했던 연애의 유효기간은 고작 그뿐이었다. 나는 이별을 통보했다. 더 정확히 말하자면, 언젠가 그 사람이 나를 떠날 때 겪어야 할 참혹한 고통이 두려워 먼저 도망친 것이었다. 나의 비겁한 방어기제였다. 떨리는 목소리로 내뱉은 나의 이별 선언에 그 사람은 너무나도 담담했다.

"알았어."

그 짧은 대답이 내 심장을 베었다. 이유라도 물어봐 주길, 아니, 제발 가지 말라고, 잘못했다고 나를 붙잡아 주길 바랐던 내 기대는 산산조각 났다. 그 사람은 나를 잡지 않았다. 나는 내가 먼저 끝냈다는 초라한 합리화 뒤에 숨어 차마 내보이지 못한 눈물을 삼켰다.

시간이 흘러 우연히 길가에서 마주친 그 사람은 여전히 잔인할 만큼 평온했다.

"안녕? 잘 지냈어? 좋아 보이네."

건조한 안부가 오가는 그 짧은 찰나, 목구멍 끝까지 차오른 말이 있었다.

'나를… 단 한 순간이라도 사랑하긴 했었니?'

하지만 입술을 깨물며 다시 삼켜버렸다. 그 사람 입에서 '아니'라는 말이 나올까 봐, 혹은 그 무심한 표정이 이미 대답을 대신하고 있다는 걸 확인하게 될까 봐 죽도록 두려웠다.

그 사람의 그 미친 담담함이 무서웠다. 칼날처럼 서늘한 그 무관심이 사무치게 아팠다. 그리고 그 비참한 상황에서도 '혹시 우리, 다시 시작할 수 있을까'라며 실낱같은 희망을 품는 내 마음이 더 무서웠다.

사랑이 모든 것을 아름답게만 만드는 것은 아니라는 걸, 때로는 사랑이 사람을 가장 초라하고 무서운 심연으로 밀어 넣을 수 있다는 것을, 나는 그해 그토록 아프게 깨달았다.

사랑이 뭐예요?

인생이라는 긴 여행에서 '사랑'만큼 소중하고도 잔인한 나침반이 또 있을까.

어느 가수의 노랫말처럼 너무 아픈 사랑은 사랑이 아니었음을 뒤늦게 깨닫기도 하고, 때로는 그 아픔조차 황홀경으로 치환되는 기적을 맛보기도 한다. 당신은 그런 극단적인 롤러코스터를, 그 격정의 파도를 타본 적이 있는가?

솔직히 고백하자면, 나는 오랫동안 '좋아함'과 '사랑함'의 경계를 서성였다. 사랑이란 그저 좋아한다는 감정이 짙어진 연장선이거나, 시간의 두께가 쌓여 만들어진 '정'의 다른 이름이라 여겼다. 그래서 나는 아직도 사랑이 무엇인지 모른다. 도대체 사랑이 무엇이냐고, 이 막연한 감정을 제발 내 둔한 머리가 이해할 수 있게 한 단어로 정의해 달라고 수많은 이들을 붙잡고 물었다.

그때 누군가가 내게 답했다. 사랑은 말로 가둘 수 없는 복합체라며, 그저 짧은 탄성을 내뱉었다.

"아….."

그 순간 그의 눈빛은 허공 어딘가 설명할 수 없는 지점을 응시하고 있었다. 길지도 짧지도 않은 그 외마디 탄성. 묘하게도 나는 그 숨소리 하나에서 사랑의 실체를 본 것만 같았다. 수만 가지 단어보다 더 정확한 그 떨림. 아, 그게 진짜 사랑이구나 싶어 견딜 수 없이 부러워졌다.

돌이켜보면 나도 사랑을 운운하던 시절이 있었다. 그게 뭔지도 모르면서 흉내 냈던 날들, 혹은 살과 살이 맞닿는 체온과 행위를 사랑이라 착각했던 날들. 우리는 어쩌면 세상에서 가장 단순하고 투명한 감정을, 너무 성급하게 정의하려 들었던 건 아닐까.

이제 나는 사랑을 정의하려는 강박을 내려놓으려 한다.

그저 사랑을 너무 좁은 틀에 가두지 말고, 어렵게 비틀지 말고,

'사랑이라는 행위를 사랑할 수 있는 사람'이 되어보는 것.

복잡한 정의 따위는 잊고 누군가를 향해 "아…" 하고 탄성을 뱉을 수 있는 그 마음의 상태를 간직하는 것.

그거면 충분하지 않을까.

그냥, 그렇다고.

안 행복해, 그런데 편해

우리는 식어가는 커피를 사이에 두고 무려 여섯 시간이나 세상에서 가장 가슴 아픈 이별 이야기를 나눴다. 나는 한때 교복을 입고 나누는 감정 따위는 사랑의 축에도 끼지 못한다고, 그저 풋내나는 장난일 뿐이라 여겼었다. 하지만 내 앞에서 덤덤하게 때로는 밝게 웃으며 이야기하는 그녀의 '교복 입은 시절'은 내 편협한 생각보다 훨씬 거대하고 처절한 사랑이었다.

그녀는 너무나 아픈 첫사랑을 겪어낸 탓에, 이제는 누군가를 사랑하는 일 자체가 두렵다고 했다. 그 고백 앞에서 나는 말문이 막혔다. 수목드라마 속 주인공 친구처럼 "힘내", "용기를 가져", "세상에 남자는 많아" 같은 뻔한 위로를 습관처럼 꺼내려던 내 입술은 굳게 닫혔다. 그녀가 쏟아낸 이별의 무게를 들은 후라 그런 가벼운 말들은 차마 혀끝을 넘지 못했다.

나는 어떻게든 내 안을 뒤져 가장 가슴 아팠던 기억을 꺼내 그녀의 상처에 덧대어주고 싶었다. 하지만 내겐 그런 기억이 없었다. 아니, 어쩌면 상처받을 만큼 사랑해 본 적이 없었는지도 모른다. 나는 그렇게 감정적인 사람이 아니라고 스스로를 설득하며 상처를 외면해왔던 것인지도 모른다.

흉터로 남았을지언정 온몸으로 사랑을 앓아본 그녀의 처절했던 지난날 앞에서, 내가 할 수 있는 말은 고작 이것뿐이었다.

"그래도… 나는 네가 부러워."

그녀는 씁쓸하지만 조금은 체념한 듯한 목소리로 대답했다.

"있잖아, 나 안 행복해, 그런데 편해."

그 말을 하는 그녀의 두 눈이 순간 반짝였다. 눈물인지 안도인지 알 수 없는 빛이었다. 그녀는 다시 한번 환하게 웃어 보이고는, 얼음이 다 녹아 밍밍해진 커피를 단숨에 들이켰다.

사랑해,라고
말해줬으면 좋겠어

나는 언제나 강해야만 했다.

"나는 절대 넘어지지 않아. 강하고 또 강한 사람이야."

그 말은 나를 지키는 유일한 주문이자 어느새 나를 옭아매는 족쇄가 되었다.

무너질 듯 상처받는 순간에도 나는 '쿨한 척' 웃어넘겨야 했다. 차오르는 눈물은 단 한 방울도 밖으로 흘리지 않고 목구멍 깊숙이 삼켰다. 넘어져도 오뚝이처럼 곧장 튀어 일어나야 했고 속은 울고 있어도 겉으로는 아무 일 없는 사람처럼 웃어야 했다. 그게 내가 살아온 방식이었다.

사무치는 외로움이 밀려올 때, 누군가의 어깨에 기대어 펑펑 울고 싶을 때마다 나는 오히려 더 요란하게 세상 속으로 도망쳤다. 남들에게 약한 모습을 보이기 싫어서, 아니, 약해진 나 자신을 마주할 용기가 없어서, 미친 사람처럼 놀며 그 감정을 덮어버리곤 했다.

수많은 사람을 스쳐 보냈다.

하지만 그 누구에게도 갑옷을 입은 나를 내려놓지 못했다. 나의 방어기제가 만든 그 어색하고 불편한 거리 속에서, 우리는 서로 지쳐갔고 결국 허무하게 등을 돌렸다.

나도 변하고 싶었다. 있는 그대로의 나로 숨 쉬고 싶어 발버둥 쳐봤다. 하지만 오랫동안 쓰고 있던 가면은 이미 살갗처럼 달라붙어 떼어내는 일은 상상했던 것보다 훨씬 아프고 고된 일이었다.

오늘 문득, 덜컥 겁이 났다.

'나는 평생 이렇게 외로우면서도 외롭지 않은 척, 괜찮지 않으면서 괜찮은 척 연기하다가 이 생을 끝내는 건 아닐까.'

그 서늘한 예감이 나를 덮치자 견딜 수 없이 무서워졌다.

제발, 간절히 바란다.

오랜 방황 끝에 내가 비로소 '진짜 나'로 서게 되는 그날.

그때는 텅 빈 방이 아니라, 누군가의 체온이 남아 있는 자리이기를.

그리고 나의 지난한 연극을 모두 지켜본 그 사람이 따뜻한 눈으로 나를 안으며 이렇게 말해주기를.

"그동안 혼자 버티느라 참 힘들었지? 이제 다 괜찮아. 사랑해."

너의 부재. 헤어짐

오늘, 네가 떠났다.

아니, 어쩌면 엊그제였을지도 모른다.

그것도 아니라면 이미 일주일 전, 나는 네가 떠났다는 사실을 알고 있었는지도 모르겠다.

어떻게든 모른 척하고 싶었던, 끝을 미루기만 했던 아슬아슬한 일주일을 힘겹게 지나보내고 나서야 비로소 인정한다.

너는 나를 떠났다.

이제 내 곁엔 빈 공간뿐이다. 허공에 이름을 불러보지만 돌아오는 것은 대답 없는 적막뿐이다.

나는 조용히, 혼자가 되었다.

언제나 나와 발맞춰 함께 뛰던 사람.

그토록 든든하고 믿음직스러웠던 나의 반쪽.

가슴 속에서 뛰던 심장 하나가 소리 없이 사라져버렸다.

4부

나의 길 위에서

LIFE ON ROAD

낯선 여행지에 처음 발을 디뎠을 때, 우리는 누구나 길 잃은 이 방인이 된다.

내가 서 있는 이곳이 어디인지, 당장 어디로 발을 떼야 할지 알 수 없어 망망대해에 홀로 남겨진 듯한 막막함에 휩싸인다. 바로 코앞에 지름길을 두고도 먼 길을 빙 돌아가며 다리가 부르트도록 헤매기도 한다.

하지만 시간이 흐르고 계절이 바뀌듯 결국 우리는 낯선 풍경에 스며든다.

그토록 미로처럼 느껴지던 골목이 어느새 익숙한 산책로가 되고 더 짧고 편안한 길을 찾아내며, 처음엔 보이지 않던 새로운 목적지 까지 자연스레 가슴에 품게 된다. 두려움은 서서히 '익숙함'이라는 이름의 안도감으로 바뀌어간다.

여기서 가장 중요한 건, 그 처음의 막막함 앞에서 주저앉지 않는 것이다.

초행길이라는 이유로 가보지 않은 길이 두렵다는 핑계로 문을 닫아걸어 버린다면, 여행의 의미는 그 순간 힘없이 빛을 잃고 사라진다. 두려움에 갇혀버리면 시야는 점점 좁아지고, 결국 우리는 쉬운 길조차 찾지 못한 채 영영 제자리만 맴돌게 될지도 모른다.

그러니 부디 낯선 길 위에서도 용기를 내어 한 발자국을 떼기를.

길을 잃는 것을 두려워하지 않고 묵묵히 걸어가는 그 서툰 발걸음 속에서 우리는 여행길 위에 숨겨진 '인생'이라는 지도 한 조각을 비로소 완성해 나가는 것이니까.

아름답지 않지만 아름다운

    남인도의 끈적한 무더위와 스쿠터가 일으키는 흙먼지는 내 목을 가만두지 않았다. 칼칼해진 목을 달래려 저녁 식사 후 독한 약 한 알을 삼켰다. 약 기운이 도는가 싶더니 밤 9시가 되자 눈꺼풀이 천 근만근 무거워졌다. 책을 쥐고 있던 손아귀의 힘이 풀리며 스르르 바닥으로 떨어졌고, 내 몸 역시 중력을 거스르지 못한 채 그대로 침대 위로 허물어졌다.

    약기운 덕분에 기절하듯 잠든 탓일까. 아침 6시가 되자 거짓말처럼 눈이 번쩍 뜨였다. 방구석에 굴러다니던 사과 한 알과 시리얼을 우적우적 씹어 삼켰다. 슬슬 방안의 공기가 지루해지기 시작했다. 무언가라도 해야 할 것 같은 조바심에 밖으로 나섰다. 새벽의 서늘한 공기가 뺨을 스쳤다. 오늘은 스쿠터를 두고 좀 걸어볼까 생각했지만, 습관이란 무서운 것이어서 몇 걸음 떼기도 전에 내 엉덩이는 이미 익숙하게 스쿠터 안장에 올라앉아 있었다.

목적지는 없었다. 그저 눈에 보이는 길, 마음이 끌리는 길, 인적이 드문 길을 골라 무작정 핸들을 꺾었다. 얼마나 달렸을까. 정신을 차려보니 한 번도 와본 적 없는 넓고 황량한 도로 한가운데, 나와 내 낡은 스쿠터만이 덩그러니 놓여 있었다.

적막했다. 흔한 새들의 지저귐도, 시끄러운 사람들의 웃음소리도 모두 증발해버린 것 같았다. 12억 인구를 자랑하는 이 거대한 나라에서 사람들이 모조리 사라져 버린 듯한 기묘한 고요함. 그것은 도시에서는 결코 느낄 수 없는, 아니 지금껏 한 번도 겪어보지 못한 낯선 감각이었다.

공기는 차가웠지만 이상하게도 마음은 따뜻했다. 완벽하게 정돈되지 않은 황량한 풍경에서 설명하기 어려운 아름다움이 느껴졌다. 저 멀리 도로와 하늘이 맞닿은 수평선을 향해 달리면, 그대로 하늘 속으로 빨려 들어갈 것만 같았다.

드문드문 마주치는 현지인들은 불쑥 나타난 이방인에게 경계심 대신 티 없이 맑은 미소를 보내주었다. 낯선 공간은 나를 차갑게 밀어내는 듯하면서도 그곳의 햇살과 나무, 그리고 사람들은 나를 따뜻하게 품어 안았다.

이 얼마나 아름다운 모순인가.

나를 낯설어하지 않는 이 낯선 풍경 속에서 따뜻한 짜이 한 잔을 손에 쥐니 비로소 행복이라는 감각이 차오른다.

자유로운 소

나는 다섯 해를 넘긴 흰 소다.

그럴싸한 이름 따위는 없다. 그저 '소'라고 불리는 존재, 그것으로 충분하다.

나는 인간들이 뿜어내는 매캐한 공기와 신경을 긁는 날카로운 경적 소리가 싫어 해발 1000미터가 넘는 이곳 차문디 언덕으로 도망치듯 올라왔다. 그 높고 황량한 길 위에서 지쳐 주저앉기도 했고, 때로는 방향을 잃어 멍하니 서 있기도 했다. 하지만 결국 나는 내가 원하던 고지에 닿았고 지금 더 바랄 것 없는 행복을 만끽하고 있다.

나는 그 어떤 굴레에도 얽매이지 않은 채 바람처럼 자유롭게 살아간다.

나와 같은 피를 나눈 다른 형제들의 삶은 비극적이다. 그들은 누군가의 식탁에 오를 고기가 되거나 끊임없이 우유를 짜내야 하는 도구로 소비된다. 그들은 텁텁한 사료를 씹으며 좁은 우리에 갇혀, 운명처럼 주어진 역할을 받아들인 채 살아간다. '자유'라는 감각을 알아차리기도 전에 생을 마감하는 그 슬픈 눈망울들.

하지만 나는 나의 상황에, 나의 운명에 깊이 감사한다.

마음 내키는 대로 거친 길바닥을 달리고, 풋내 나는 풀을 마음껏 뜯을 수 있는 이 야생의 자유가 눈물겹도록 고맙다.

무언가 생산적인 일을 해야만 가치 있는 존재가 되는 세상, 누군가를 위해 희생해야만 하는 삶. 나는 그런 삶을 거부했다. 아무런 목적 없이 그저 존재함으로 존재하는 삶. 이 길바닥 위에서 나는 쓰임이 아닌 생명으로, 온전한 '나'로서 살아 숨 쉬고 있다.

자유롭지 않은 인간

숨이 턱 끝까지 차오르는 해발 1000미터의 고지, 차문디 언덕.

그 정상의 바람 속에서 나는 홀로 서 있던 흰 소 한 마리와 마주했다.

녀석은 내가 익히 알고 있던 소들과는 전혀 다른 아우라를 풍겼다. 코뚜레도, 고삐도, 그 어떤 굴레도 없었다. 걷고 싶으면 제멋대로 걸었고 하늘을 향해 울고 싶으면 목청껏 소리를 내질렀다. 한국의 좁은 축사에서 보았던, 체념이 습관처럼 밴 슬픈 눈망울과는 차원이 달랐다.

우리는 흔히 '소는 소답게 살아야 한다'는 편견을 가지고 그들을 재단한다. 묵묵히 일하고 희생하는 것이 그들의 미덕이라 믿는다. 하지만 '소답지 않게' 제멋대로 구는 저 녀석의 모습은 기이하기는

커녕, 되레 눈을 뗄 수 없을 만큼 당당해 보였다.

그 모습은 내게 묵직한 질문을 던졌다.

그렇다면 '인간답게 산다'는 것은 도대체 무엇인가. 사회가 정해 놓은 궤도를 벗어나지 않는 것인가. 타인의 기대에 부응하는 것인가. 그리고 그 '다움'을 규정할 자격은 과연 누구에게 있는가.

언덕 위의 흰 소는 나를 조용하지만 깊은 사색 속으로 밀어 넣었다. 어쩌면 나야말로 보이지 않는 고삐에 매여 살고 있었던 건 아닐까. 저 이름 없는 소가 누리는 야생의 자유가 사무치게 부러웠다. 사회적 시선, 의무, 책임…. 아주 가끔은 그 모든 껍데기를 벗어던지고 규정되지 않은 온전한 '나'로서, 저 소처럼 제멋대로 살아보고 싶어졌다.

평범해지는 것

"세상에서 유일한 죄악은 평범해지는 것이다."

마사 그레이엄이 남긴 이 날카로운 문장은 오랫동안 내 삶의 지침이었다. 나는 이 문장을 곱씹으며, 평범함과 비범함을 가르는 기준은 결코 타인의 시선이나 세상의 잣대가 될 수 없다고 생각했다. 그 기준을 세우는 주체는 오직 나 자신이어야 했다. 남들이 나를 평범한 범주에 넣고 규정하더라도, 내가 스스로를 특별하다고 믿는다면 그 순간부터 나는 나만의 빛을 가진 존재가 되는 것이라 여겼다.

그렇기에 지난날의 나는 '보통의 존재'로 전락하는 것을 유독 두려워했다. 무채색의 배경처럼 흐릿하게 살다 가고 싶지 않았다. 비록 깊이 파고들지 못할지언정 세상의 넓은 지식을 탐하고 싶었고, 전 세계를 전부 돌지는 못하더라도 최대한 많은 낯선 땅을 밟아보려 애썼다. 인간이라는 육신을 입고 세상에 떨어진 이상, 인간으로서 누릴 수 있는 모든 경험을 소화해 내는 것. 그것만이 평범함이라는 중력에서 벗어날 수 있는 유일한 방법이라 믿었다. 마치 그렇게 하지 않으면 곧바로 죄를 짓는 사람처럼 나는 강박에 가까운 믿음을 붙들고 치열하게 살았다.

하지만 시간이 흐른 지금, 나는 마사 그레이엄이 말한 '죄악'의 의미를 다시금 깨닫는다. 그가 경계했던 평범함이란, 남들보다 튀지 않는 외형이나 성취의 부족을 말하는 것이 아니었다. 진정한 죄악은 스스로를 '나는 평범해'라는 좁은 굴레 속에 가두고, 더 이상 아무것도 시도하지 않은 채 감정마저 닳아버린 상태로 굳어버리는 태도 그 자체였다. 자신의 가능성을 스스로 차단하고 현실에 안주하는 무기력함이야말로, 우리가 경계해야 할 진짜 평범함이었다.

나는 여전히 그저 그런 보통의 존재로 살고 싶지는 않다. 아직도 더 많은 지식을 갈구하고 너 넓은 세상을 향해 나아가길 원한다. 하지만 지금의 이 열망은 과거와는 결이 다르다. 예전처럼 이것만이 평범함을 벗어나는 유일한 수단이라 믿어서가 아니다. 특별함이란 단순히 행동의 반경을 넓히는 문제가 아니라, 삶을 대하는 태도의 깊이에 달린 문제임을 알게 되었기 때문이다. 평범함과 비범함의 차이는 '무엇을 하느냐' 보다 '어떤 마음으로 사느냐'에서 결정된다.

그래서 나는 매일 아침 눈을 뜨며 다짐한다. 나는 세상에서 가장 특별하고 아름다운 존재라고. 이 근거 없는, 그러나 단단한 믿음이 나를 평범함의 늪에서 건져 올린다. 이것이 내가 나 자신을 사랑하고, 이 세상을 유일무이한 나로서 살아가는 방식이다.

태도의 문제

인도의 셰어하우스에서 함께 지내던 프랑스인 남자는 나의 요가 도반이었다. 수강생이라곤 우리 둘뿐이었기에 수업은 마치 개인 교습처럼 내밀하게 진행되었다.

그는 첫 수업부터 자신이 '요가 2년 차'임을 훈장처럼 꺼내 들었다.

"내가 오래 해봐서 아는데, 요가의 기본은 이완이야."

"처음엔 다 힘든 법이지."

그는 내게 선배 노릇을 자처하며 훈수를 두곤 했다. 말만 들으면 그는 이미 요가의 경지에 오른 고수 같았다. 하지만 막상 수련이 시작되자 그의 '2년 경력'은 허상이었음이 드러났다. 그의 몸은 그의 말처럼 유려하지 못했고 동작 하나하나가 번번이 흐트러졌다.

수업이 2주쯤 지났을 때, 진전이 없는 자신의 몸을 보며 그는 화살을 타인에게 돌리기 시작했다.

"이전 학원은 더 섬세하게 가르쳐 줬어. 내 몸을 더 부드럽게 만들어 줬다고."

그는 매일같이 선생님을 탓하고 전 학원과 이곳을 비교했다. 하지만 곁에서 지켜본 바, 그가 제자리걸음인 이유는 명백했다. 문제는 스승이 아니라 제자의 태도였다.

선생님이 교정을 해주려 다가갈 때마다 그는 입버릇처럼 방어막을 쳤다.

"알아요, 나도."

"그건 내 신체 구조상 안 돼요."

"오늘은 허리가, 무릎이 아파서…."

그는 배우러 온 사람이 아니라, 자신의 한계를 설명하러 온 사람처럼 보였다. 핑계가 밥 먹듯 쏟아지는 그 시간은 듣고 있는 나조차 고역이었으니, 가르치는 선생님의 심정은 오죽했을까.

결국 한 달 과정이 끝날 무렵, 그는 제대로 된 동작 하나 익히지 못한 채 수련을 마쳐야 했다. 그리고 마지막 날, 그는 기어코 블랙 코미디의 정점을 찍었다.

"실력이 늘지 않았으니 수강료를 환불해 줘."

그 당당하고도 어이없는 요구에 선생님은 허탈한 웃음을 터뜨렸고, 나 역시 참았던 웃음이 새어 나왔다. 우리의 웃음이 무엇을 의미하는지 알아챈 걸까, 그는 얼굴이 홍당무처럼 붉어진 채 황급히 자리를 떴다.

배움이란 스스로를 낮추고 빈 컵이 되는 과정이다. 이미 '안다'는 오만과 '못한다'는 핑계로 가득 찬 컵에는 그 어떤 가르침도 담길 수 없다. 그는 2년이라는 시간을 흘려보내고도 여전히 요가의 문턱을 넘지 못했다.

분명 그는 또다시 '더 좋은' 학원과 선생님을 찾아 떠날 것이다. 하지만 장담컨대, 그가 자신을 돌아보지 않는 한 그의 요가는 영원히 제자리일 것이다. 어딘가에서 또 불평을 늘어놓고 있을 그에게, 요가 선배가 아닌 인생의 동료로서 말해주고 싶다.

"바꿔야 할 것은 환경이 아니라 당신이 그것을 대하는 태도입니다."

고통스러운 무관심

머리 위로 쏟아지는 인도의 태양은 정수리에서 김이 피어오를 만큼 강렬했다. 헬멧 안으로 파고드는 열기에 숨이 막혀올 때쯤, 간절한 것은 오직 하나뿐이었다. 카페의 에어컨 바람과 얼음이 가득 든 커피 한 잔.

그렇게 스쿠터의 속도를 높이던 찰나, 길가에 쓰러져 있는 한 형체가 시야에 들어왔다. 길바닥을 침대 삼아 잠든 이들이 흔한 인도였기에 무심코 지나치려 했다. 하지만 순간, 그의 일그러진 표정이 내 눈에 박혔다. 단순한 잠이 아니었다. 그것은 고통에 잠식된 몸의 반응이었다.

나는 급히 핸들을 꺾어 그에게 다가갔다. 흙먼지투성이 옷, 퉁퉁 부은 얼굴, 핏발 선 눈, 그리고 바닥에 게워낸 토사물…. 60대쯤 되

어 보이는 노인은 내 물음에 대답조차 하지 못한 채 가늘고 끊어
지는 신음만 흘리고 있었다.

다급히 주변 행인들에게 구급차를 불러달라고 외쳤다. 하지만
돌아오는 반응은 차가웠다. 사람들은 할아버지를 길거리를 배회
하는 소보다 못한 존재, 아니 그저 성가신 장애물 정도로 여기며
무심히 지나쳤다.

급한 대로 슈퍼에서 차가운 물을 사 와 할아버지를 그늘로 옮겼
다. 뼈만 남은 앙상한 몸에서 터져 나오는 고통스러운 신음 소리
에 그제야 한 젊은 남자가 관심을 보이며 다가왔다.

"무슨 일이죠?"

"할아버지가 쓰러지셨어요. 병원에 가야 할 것 같아요."

나는 지푸라기라도 잡는 심정으로 말했다. 하지만 돌아온 그의
대답은 내 귀를 의심케 했다.

"병원에 데려가 봐야 소용없어요. 이런 사람들은 널리고 널렸습
니다. 다 구할 수도 없고, 어차피 치료비도 없을 거예요."

"그럼 그냥 죽게 내버려 둬요?"

"그냥 가던 길 가세요."

그는 너무나 침착하고 이성적인 어조로 말했다. 돈이 없으면 길
바닥에서 죽는 것이 당연하다는 그 잔인한 논리에 머리끝이 서늘해
졌다. 사람이 사람에게 보일 수 있는 가장 비인간적인 얼굴이었다.

하지만 분노보다 앞서는 건 무력감이었다. 내가 할 수 있는 일이라곤 고작 음료와 물을 더 사 오는 것뿐이었다. 다시 돌아갔을 때, 할아버지는 힘겹게 몸을 일으키고 계셨다. 나는 말이 통하지 않음을 알면서도 마음이라도 닿기를 바라며 한국어로 간절히 말했다.

"할아버지, 제발 일어나세요. 제가 해드릴 수 있는 게 이것뿐이라 정말 죄송해요. 아까 무시했던 사람들 보란 듯이 꼭 털고 일어나셔야 해요."

놀랍게도 할아버지는 내 말을 알아들었다는 듯 고개를 끄덕이셨고, 충혈된 눈가엔 물기가 맺혔다. 그 순간, 내 시야도 함께 흐려졌다.

십여 분 뒤, 할아버지는 앙상한 다리로 위태롭게 걸음을 옮기기 시작했다. 그 뒷모습이 인파 속으로 사라질 때까지 나는 자리를 뜰 수 없었다. 돈이 없으면 버려져야 하는 처절한 가난, 그리고 이 도시의 서늘한 냉소를 저주하며 집으로 돌아왔다.

돌아오는 길, 가슴이 짓눌리는 듯한 무게감에 현기증이 일었다. 하늘의 태양은 야속할 만큼 쨍쨍했고 사람들은 아무 일도 없었다는 듯 와자지껄했다. 그 아무 일 없다는 얼굴들이, 오늘따라 참을 수 없이 비참했다.

태양

작열하는 인도의 태양은 마치 심판자처럼 내 위로 쏟아져 내린다. 그 무자비한 열기 속에서 나의 낡은 살갗이 서서히 벗겨진다.

검게 타버린 피부 위로, 더는 열기를 견디지 못한 죽은 세포들이 조용히 떨어져 나간다. 나는 그 흉한 허물을 바라보며 생각한다. 내 영혼에 덕지덕지 붙어 있던 나태함과 위선, 그리고 순수하지 못했던 마음의 찌꺼기들도 저 죽은 껍질과 함께 바스라져 사라지기를. 이 뜨거운 고통이 지난날의 부끄러운 나를 태워 흘려보내는 정화의 불꽃이 되기를 간절히 바란다.

상처 난 자리가 쓰라리지만, 그 고통의 틈 사이로 비로소 붉고 어린 새 살이 차오른다. 껍질을 깨고 나오는 저 새 살처럼 나 또한 다시 태어나고 싶다. 과거의 얼룩은 모두 벗어던지고 내가 그토록 갈망하던 단단하고 온전한 모습으로 조금씩 채워지며, 나는 여기서 다시 시작하고 싶다.

LIKE A MOVIE

돌이켜보면 내 인생이라는 필름은 참으로 지루한 졸작이었다.

관객의 시선을 단 한 번도 사로잡지 못하는, 예산조차 제대로 편성되지 않은 저예산 독립영화. 화려한 CG나 가슴 뛰는 반전은 고사하고, 변변한 배경음악 하나 없이 건조한 소음만이 가득 찬 러닝타임. 그것이 지금까지 내가 상영해 온 시간들이었다.

스크린 속의 주인공은 분명 나인데, 나는 도무지 주인공 같지가 않다. 어떤 시련에도 굴하지 않고 불꽃처럼 타오르는 영웅이나 비극적인 운명에 맞서 싸우는 비운의 주인공은 내 배역이 아니었다. 그저 이 세상이라는 거대한 세트장에 덩그러니 떨어져 한 번도 뜨겁게 연소해 본 적 없는 미지근한 인물. 그것이 나였다.

카메라는 하품이 나올 정도로 긴 롱테이크로 나의 무기력한 일상을 집요하게 쫓는다. 사건은 부재하고 서사는 헐겁다. 단지 숨을 쉬고 밥을 먹고 잠을 자는, 살아남기 위한 기계적인 행위만이 반복될 뿐이다.

바라만 보기에는 이 영화의 러닝타임은 너무도 길고 그 밀도는 숨 막히게 희박하다. 관객석에 앉은 또 다른 자아인 나는 이제 이 지루한 상영을 끝까지 지켜보기가 힘들다.

분명 무언가가 필요하다.

이 지리멸렬한 각본을 뒤집을 '사건'이, 혹은 이 흑백 화면을 총천연색으로 물들일 강렬한 '조명'이 절실하다. 하지만 그 트리거가 무엇인지 나는 아직도 모른다. 엔딩 크레딧이 올라가기 전, 내 영화에도 클라이맥스라는 것이 찾아올까. 나는 여전히 꺼진 영사기 앞을 맴돌며 서성이고 있다.

새로움을 향한 고통

　　마이소르는 남인도다. 그리고 내가 가야 할 다음 목적지는 북인도의 심장, 갠지스강이 흐르는 바라나시다.

　　지도 위에서 손가락 한 뼘 거리처럼 보이는 이 이동은, 기차로만 꼬박 50시간이 넘게 걸리는 대장정이다. 나는 이 무모한 시간을 단축하기 위해 뱅갈루루에서 비행기로 콜카타로 넘어가 다시 기차를 타고 바라나시로 들어가는 복잡한 루트를 택했다. 총 이동 시간 47시간. 이것은 여행이라기보다 이동을 가장한 고행에 가까웠다.

　　마이소르의 평온함을 뒤로하고 버스에 몸을 실어 뱅갈루루에 도착했다. 다음 날 새벽 6시 비행기까지 내게 남은 시간은 20시간.

　　'20시간이라… 카페에서 책 좀 읽고, 맛집을 탐방하다 보면 금방

흐르겠지.'

그것은 여행자의 오만이었다.

밥을 먹고 커피를 마시고 도시를 쏘다녀 봐도 시계바늘은 고장 난 듯 제자리였다. 15시간이나 남은 시점, 나는 도시의 소음에 항복하고 공항으로 피신했다. 여행사 직원이 호언장담했던 '신식 공항의 수면실과 에어컨 바람'을 기대하며.

도착한 뱅갈루루 공항은 사막의 오아시스처럼 빛났다. 유리 통창 너머로 시원한 냉기가 느껴지는 듯했다. 나는 구세주를 만난 듯 당당하게 청사 입구의 경찰(인도는 군경이 공항 출입을 통제한다)에게 티켓을 내밀었다.

"내일 비행기네. 밤 12시에 다시 와."

단호한 거절. 내일 비행기라는 이유로 공항 로비조차 밟지 못하게 하는 법이 어디 있단 말인가. 항의는 묵살당했고 나는 유리성 밖으로 쫓겨났다.

밤 12시까지 6시간. 눈앞에는 에어컨이 빵빵한 천국이 있는데, 나는 다시 인도에 처음 발을 들였을때와 똑같이 택시 배기가스와 모기가 뒤엉킨 연옥에 떨어졌다. 차가운 시멘트 바닥에 주저앉아 책을 폈지만, 글자가 눈에 들어올 리 만무했다. 허리는 끊어질 듯했고 엉덩이는 감각을 잃어갔다.

드디어 12시. 옷에 묻은 먼지를 털어내고 비장하게 입구로 향했다. 하지만 아까 나에게 12시를 약속했던 직원은 퇴근하고 없었다. 새로운 경찰이 나를 막아섰다.

"2시에 다시 와."

"WHAT?!"

비명이 절로 터져 나왔다. 사정하고 애원해 봐도 그는 요지부동이었다. 그래, 6시간도 버텼는데 2시간을 못 버티겠나. 나는 다시 바닥과 한 몸이 되었다.

졸음과 사투를 벌이다 깨어보니 어느새 새벽 2시. 나는 좀비처럼 다시 입구로 기어갔다.

"자, 이제 2시지? 들여보내 줘."

그러자 경찰은 황당하다는 표정으로 나를 보며 말했다.

"안 돼. 내가 언제 '2시(2 o'clock)'라고 했어? '두 시간 전(Two hours before)'에 오라고 했잖아."

순간 머리끝까지 피가 솟구쳤다.

"네가 분명 투(Two)라고 했잖아!"

"그래, 투!(그러니까 두 시간 전!)"

완벽한 의사소통의 실패, 아니 언어가 만들어낸 참사였다. 그는 'Two hours before flight'를 줄여서 'Two'라고 뱉었고 내 귀는 그것을 '2AM'으로 입력했다. 2시라고 철썩같이 믿고 기다린 내 2시간은 공중분해 되었다. 새벽 4시까지, 나는 모기들의 회식 자리에 내 피를 헌납하며 두 시간을 더 견뎌야 했다.

마침내 새벽 4시, 득의양양한 미소로 길을 터주는 경찰을 뒤로 하고 공항에 입성했다. 뱅갈루루 길바닥에서의 20시간 대기, 3시간의 비행, 그리고 콜카타에서 다시 이어질 12시간의 기차 여행.

총 소요 시간 47시간.

바라나시여, 그리고 갠지스여. 부디 그곳에 있어라.

이 지독한 고행을 뚫고 내가 지금 가고 있으니.

무너진 제국 콜카타

200년 동안 대영제국의 심장이었던 옛 인도의 수도이자, 한때 런던 다음으로 거대했다던 전설의 도시. 나는 지금 그 빛바랜 영광의 한복판에 서 있다.

첫인상은 단 두 단어로 요약되었다. '더럽다' 그리고 '끔찍하다'.

비교적 정돈되고 윤택했던 남인도의 기억을 안고 도착한 북인도의 관문 콜카타는 내게 시각적 폭력에 가까운 충격을 안겨주었다.

도시는 방치되어 있었다. 언제 끊어졌는지 모를 흉물스러운 고가도로가 허공에 매달려 있고 그 그늘 밑에는 살아있는 시체처럼 거지들이 널브러져 있었다.

산처럼 쌓인 쓰레기 더미를 뒤지며 보물찾기를 하는 아이들, 폭격이라도 맞은 듯 헐벗은 건물 외벽에 붕대처럼 나부끼는 빨래들,

그리고 도시의 폐부를 짓누르는 잿빛 스모그.

이 도시를 어떻게 설명해야 할까. 그것은 거대한 '폐허'였다.

대영제국의 야망을 품고 급부상했던 제2의 도시는, 이제 알맹이는 빠져나가고 빈 껍데기만 남은 채 서서히 썩어가고 있었다. 빈부격차라는 말조차 사치스럽게 느껴지는, 생존 자체가 버거운 도시. 그것이 내가 마주한 콜카타의 민낯이었다.

그러나 인간의 적응력이란 얼마나 간사한가.

단 하루, 짧은 체류 시간이었지만 역겨움이 가라앉은 자리에 묘한 '향기'가 피어올랐다. 혐오스러웠던 풍경 사이로 역사의 층위가 보이기 시작했다.

영국 식민지 시절의 위용을 자랑하는 웅장한 건축물과 그 벽에 기생하듯 붙어 있는 빈민가. 막대한 부를 긁어모았던 동인도 회사의 건물들과 100년의 시간을 덜컹거리며 달리는 낡은 트램. 누군가의 안식을 위해 잘 가꾸어진 공원과 거리의 오물들.

이곳은 극과 극이 기괴하게 그러나 자연스럽게 공존하고 있었다. 한때 세계를 호령했던 도시는 이제 늙고 병든 거인이 되어 무너져 내리고 있었다.

하지만 그 부패의 냄새 속에는 설명하기 힘든 진한 페이소스가 서려 있었다.

나는 콜카타를 떠나며 조용히 기도했다.

이 몰락한 거인이 끔찍한 빈부의 골짜기를 메우고, 썩은 살을 도려내어, 언젠가 다시 예전의 그 고고했던 위상을 되찾기를. 비록 지금은 폐허일지라도, 그 바닥에 깔린 역사의 무게만은 여전히 유효했으므로.

콜카타의 천사

콜카타라는 이름은 누군가에게는 곧 테레사 수녀를 뜻한다. 가장 낮은 곳에서 생을 마감한 성녀의 도시. 여행자들이 굳이 이 황폐한 도시를 찾는 이유 역시 그녀의 흔적, '마더 테레사의 집'에 닿기 위해서일 것이다. 사람들은 그곳을 '죽음을 기다리는 집'이라 불렀다.

성녀의 집으로 향하는 길은 역설적이게도 지옥도 같았다. 심장이 쿵쾅거렸다. 골목 입구에는 창녀들이 늘어서 있었고, 약에 취해 초점이 풀린 눈동자들이 행인들의 소매를 붙잡았다. 손길을 뿌리치고 더 깊숙이 들어가자 이번에는 피비린내가 훅 하고 끼쳤다. 힌두교의 칼리 여신을 모시는 사원. 새벽이면 산 양의 목을 쳐 피를 뿌리는 의식을 치른다고 했다.

삶의 가장 밑바닥과 가장 원초적인 의식의 한가운데 성녀의 집이 우두커니 서 있었다.

나는 문 앞에서 망설였다. 내가 감히 들어가도 되는 걸까. 죽음을 앞둔 이들을 구경거리로 삼는 오만한 관광객이 되는 건 아닐까. 문을 밀어보려던 찰나, 안내판이 눈에 들어왔다.

'12시부터 3시까지 면회 금지.'

지금은 2시. 불안한 내 마음을 읽은 유예였을까 아니면 준비하라는 경고였을까. 차라리 다행이었다. 나는 3시 15분이 넘도록 그 주변을 정처 없이 서성였다. 그때까지 호기심과 죄책감이 내 안에서 맞붙어 있었다.

그때 봉사자 한 명이 문을 열고 나왔다. 쭈뼛거리는 나를 발견하더니 익숙하다는 듯 손짓했다.

"들어와요."

막상 들어선 내부는 예상과 달랐다. 음침한 곡소리가 들릴 줄 알았는데, 창문 사이로 햇살이 쏟아지는 평온한 안식처였다.

"이곳은 거리에서 죽어가는 사람들을 데려와 마지막을 보살피는 곳이에요. 1층에 남자 50명, 2층에 여자 50명. 딱 그만큼만 받을 수 있어요."

"치료는 언제까지 하나요?"

"죽거나, 혹은 기적적으로 완치되어 나갈 때까지."

그는 '죽거나'라는 단어를 점심 메뉴 고르듯 담담하게 뱉었다. 오히려 얼굴이 화끈거린 건 멀쩡히 서 있는 나였다. 알고 보니 그 또한 이곳에서 죽음의 문턱을 넘었다가 살아나 봉사자가 된 사람이었다.

그를 따라 침대 사이를 걸었다. 죄스러움에 고개를 들 수 없었지만, 환자들은 오히려 나에게 맑은 미소를 건넸다.

"생각보다 건강해 보여서… 다행이네요."

"다 그렇진 않아요. 이쪽을 보세요."

그가 가리킨 침대에는 뼈 위에 가죽만 남은 남자가 누워 있었다.

"이분은 오늘 아침 숨이 끊어졌었어요. 수녀님이 기도하고 응급처치를 해서, 방금 다시 살아났죠."

거친 숨을 몰아쉬던 남자가 고개를 돌려 나를 보았다. 휑한 눈가에는 지난밤 고통의 흔적인 눈물 자국이 선명했다. 그런데도 그가 웃었다. 입술이 간신히 움직였다.

"살았어요…."

순간 시야가 흐려졌다. 나는 왈칵 쏟아지는 눈물을 훔치며 그의 앙상한 손을 꼭 잡았다. 꼭 일어나 달라고. 염치없는 응원을 숨처럼 내뱉었다.

맞은편 침대의 환자는 욕창으로 등이 썩어들어가고 있었다. 그는 미동도 없이 눈을 감고 있었다. 봉사자는 썩어가는 등을 닦고

소독했다. 그리고 조용히 말했다. 이것이 성경이 말하는 사랑과 헌신이라고. 나는 그 숭고함 앞에 압도되어 나머지 설명을 듣는둥 마는둥 하며 거의 도망치듯 밖으로 나왔다.

다시 거리로 나왔을 때 들어갈 때는 보지 못했던 풍경이 비수처럼 꽂혔다. 건물 밖 담벼락 아래 수많은 부랑자들이 시체처럼 누워 있었다.

수녀의 집에 남자 50명, 여자 50명. 정원은 이미 꽉 찼다.

저들은 더위를 피해 잠시 쉬는 것이 아니었다. 안에 있는 누군가가 죽어 자리가 비기를, 누군가의 죽음이 자신에게 삶의 기회로 돌아오기를 기다리고 있었다.

'죽음을 기다리는 집.'

그 이름의 진짜 의미는, 편안한 죽음조차 그 마저도 먼저 선택받은 자들만이 누릴 수 있는 '특권'이라는 사실이었다.

고개를 들어 하늘을 보았다. 콜카타의 하늘은 병든 사람의 얼굴처럼 누렇게 떠 있었다.

5부

삶은 계속된다

바라나시 그 역설적 아름다움

   세상에는 절대로 아름다울 수 없는 조건들을 갖추고도, 기이할 정도로 아름답게 느껴지는 도시가 있다. 바라나시가 그랬다.

   혼돈과 오물로 뒤덮인 낮이 지나간 자리에 찾아온 바라나시의 새벽은, 믿기 힘들 만큼 고요하고 성스러웠다.

   길에서 만난 영국인 친구들과 갠지스 강변을 걸으며 우리는 홀린 듯 같은 말을 내뱉었다.

   "믿을 수 없어. 이토록 더러운데, 이토록 아름답다니."

   태양이 완전히 자취를 감추자 갠지스강은 거대한 먹물을 풀어놓은 듯 검게 변했다. 그 칠흑 같은 검은 도화지 위로, 강가 화장터의 붉은 불꽃들이 붓질하듯 일렁였다. 물결 위에 비친 불꽃은 마치 육신을 떠난 영혼이 춤을 추는 것 같았다.

우리는 그 '이상한 장례식장'을 떠나지 못했다.

그곳에는 통곡이나 울음소리가 없었다. 대신 망자를 천도로 이끄는 노랫소리와 장작 값을 홍정하는 상인들의 시끌벅적한 고함만이 뒤엉켜 있었다. 죽은 자의 마지막 의식과 산 자의 치열한 생계가 아무런 경계 없이 맞물려 돌아가는 곳.

우리는 말없이 담배를 피워 물었다. 우리 입에서 뿜어져 나온 하얀 담배 연기가 시신을 태우며 피어오르는 매캐한 연기와 허공에서 하나로 섞였다. 우리는 그 연기 속에 앉아 침묵으로 화장터와 서서히 동화되어 갔다.

그때, 타오르는 불꽃을 멍하니 응시하던 영국인 친구가 침묵을 깨고 툭, 한 마디를 던졌다.

"저 불길을 보고 있으니… 내가 악착같이 쥐고 있던 것들이 다 쓰레기처럼 느껴져. 결국 우린 모두 저렇게 한 줌의 재가 되어 강물에 뿌려질 텐데 말이야."

우리는 씁쓸한 미소를 지으며 고개를 끄덕였다. 그 말은 반박할 수 없는 진실이었다.

바라나시의 좁고 어두운 골목, 이승과 저승이 맞닿은 그 모호한 경계선에 쪼그리고 앉아 우리는 타오르는 시신을 지켜봤다.

그곳에서 우리는 지옥을 본 것도, 천국을 본 것도 아니었다. 그저 한 인간이 뜨겁게 살아왔던 생의 마지막 여정이 한 줌의 재로

변해 허공으로 흩어지는 '사라짐'의 미학을 숨죽여 목격하고 있었을 뿐이다.

망자의 소리

미로 같은 바라나시의 좁은 골목, 적막을 깨고 어디선가 나지막한 노랫소리가 들려온다. 그 소리가 들리면 나는 조건반사처럼 몸을 납작하게 벽으로 밀착시켰다. 그것은 산 자가 죽은 자에게 표할 수 있는 최소한의 예의이자 삶이 죽음에게 길을 내어주는 찰나의 의식이었다.

곧이어 네 명의 건장한 사내들이 멘 대나무 들것 위로, 화려한 천에 감싸인 시신 한 구가 좁은 통로를 가로질러 갔다. 덜컹거리는 들것 위에서 가끔 천이 흘러내려 망자의 얼굴이 보일 때가 있었다. 곧 불길에 휩싸여 육신의 형태가 지워지기 직전의 얼굴. 그 창백하고 굳어버린 표정은 말로 다 할 수 없을 만큼 처연하고 애처로웠다.

하지만 기이하게도 그 행렬에 눈물은 없었다.

상주도, 운구꾼도 울지 않았다. 마치 저 강 너머의 세상에는 이승의 고통 따윈 없는 오직 행복만이 가득할 것이라고 확신하는 사람들 같았다. 그들은 그저 빠른 템포의 그러나 묘하게 구슬픈 노랫가락으로 망자의 마지막 길을 담담히 배웅할 뿐이었다.

영혼이 빠져나간 빈 껍질은 그렇게 갠지스 강가에서 한 줄기 연기로, 한 줌의 회색 재로 변해 허공으로 흩어졌다. 이승에서 짊어졌던 무거운 죄업도 사랑도 미움도 검은 강물에 씻겨 내려갔다.

오늘 하루에만 250여 개의 우주가 이곳에서 불탔고 강물 속으로 사라졌다.

찬란하게 아름다웠던 당신도, 혹은 지독하게 비루했던 당신도, 불꽃 앞에서는 모두 공평했다.

그러니 이제는 모두 안녕.

더럽고 지저분하고,
하지만 향기가 나는 갠지스강

─────────

어둠이 짙게 깔린 가트의 계단에 걸터앉아 검게 물든 갠지스강을 응시했다. 기이한 일이었다. 태양이 자취를 감추자 낮 동안 그토록 혼탁하고 지독하게 더러워 보이던 강물이 거짓말처럼 맑고 깊은 심연으로 보이기 시작했다.

나는 홀린 듯 신발을 벗고 조심스레 강물에 발을 담갔다. 살갗에 닿는 강물은 서늘했고 낮의 악취 대신 설명할 수 없는 묘한 향기가 피어올랐다.

조금 더 용기를 내어 손까지 깊숙이 찔러 넣었다. 닿기만 해도 피부병에 걸릴지 모른다는 여행자들의 끔찍한 경고가 뇌리를 스쳤지만, 이 순간만큼은 그 말이 와닿지 않았다. 낮 동안 세상의 온갖 오물과 부유물, 타다 남은 시신까지 받아내던 그 강이 맞나 싶을 정도로 밤의 갠지스는 이상하리만큼 순하고 차가웠다.

깨끗하고 향기로운 검은 물. 그 속에 손과 발을 맡긴 채 오묘한 불빛으로 일렁이는 가트의 풍경을 바라보았다.

비록 현지인들처럼 온몸을 던져 내 안의 끈적한 욕심과 죄를 통째로 씻어낼 용기까지는 없었다. 하지만 이렇게 손발을 적시는 것만으로도 내 영혼에 묻은 죄의 한 조각쯤은 이 검은 물살을 타고 저 멀리 흘려보낼 수 있지 않을까 스스로를 위안했다.

물에서 나온 나는 젖은 발을 닦지도, 신발을 신지도 않은 채 맨발로 차가운 돌바닥을 걸었다. 발바닥에 닿는 낯선 감촉. 나는 저 멀리 어둡고 울적하게 흐르는 강물의 끝을 눈으로 좇으며 깊고 고요한 침묵 속으로 걸어 들어갔다.

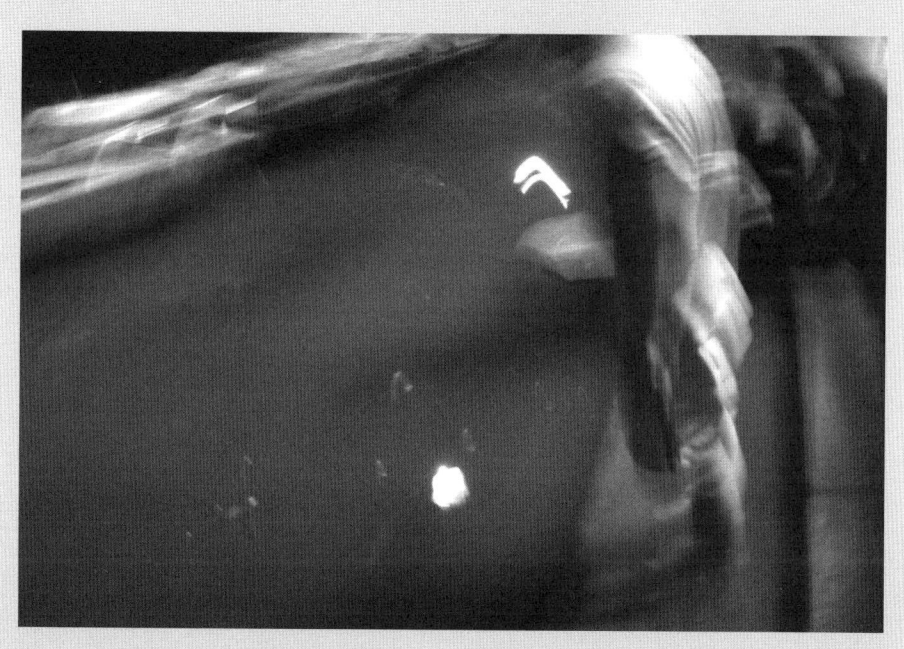

최고의 디저트 '라씨'

죽음의 연기가 자욱하고 삶의 비릿함이 넘실대는 바라나시에도 영혼을 달래줄 달콤한 구원은 존재했다. 바로 인도식 요거트, '라씨' 다.

아침에 눈을 뜨면 세수도 하기 전에 홀린 듯 라씨 집으로 향하는 것이 나만의 경건한 의식이 되었다. 수많은 메뉴 중에서도 나를 사로잡은 건 단연 '바나나 초콜릿 라씨'였다.

투박한 토기 그릇에 담긴 꾸덕하고 새하얀 요거트. 그 위에 잘 익은 바나나 조각과 진한 초콜릿 가루가 눈처럼 소복이 내려앉은 모습은 섞기 아까울 만큼 완벽한 조형미를 뽐냈다.

하지만 숟가락으로 과감하게 휘저어 한 입 가득 머금는 순간, 진짜 환상이 시작된다.

혀끝을 감싸는 진한 요거트의 산미, 그 사이로 오독오독 경쾌하게 씹히는 견과류, 입안에서 부드럽게 뭉개지는 바나나 그리고 마지막을 장식하는 초콜릿의 달콤함까지. 그 완벽한 맛의 합주는 말로 다 형용할 수 없을 정도였다. 그것은 단순한 디저트가 아니라 전날 밤 갠지스 강가에서 마신 매캐한 먼지와 복잡한 상념들을 깨끗하게 씻어내 주는 위로였다.

바라나시의 골목 그 어디를 들어가든 라씨를 먹을 땐 실패란 없다. 좁은 골목마다 장인들이 빚어내는 라씨는 저마다의 깊은 맛을 낸다.

만약 당신이 삶과 죽음이 뒤엉킨 이 혼돈의 도시에 닿게 된다면, 부디 이 하얗고 달콤한 축복을 놓치지 않길 바란다. 그 한 잔이 당신의 고단한 여행길에 가장 달콤한 쉼표가 되어줄 테니까.

갠지스강의 수영선수

누군가의 시선이 내 옆얼굴에 머무는 것이 느껴졌다. 고개를 돌리자 까만 피부의 한 소년이 나를 뚫어지게 쳐다보고 있었다. 예사롭지 않은 눈빛이었다. 내 손짓에 쭈뼛거리며 다가온 아이의 시선은 내 손에 들린 스마트폰에 고정되어 있었다.

나는 폰을 들어 아이를 향해 렌즈를 들이댔다. 하지만 녀석은 고개를 저으며 손을 내밀었다. 피사체가 되고 싶은 게 아니라 사진작가가 되고 싶은 것이었다. 나는 순순히 핸드폰을 넘겨주었다. 액정에 인도 꼬마의 꼬질꼬질한 지문 하나가 더 묻는다고 해서 크게 문제 될 건 없었다.

녀석은 뷰파인더 속 나를 확인하더니 대뜸 손짓으로 웃으라고 강요했다. 숨만 쉬어도 땀이 흐르는 이 찜통더위에 웃음이라니.

나는 마지못해 입꼬리를 올렸다.

찰칵. 녀석이 만족스러운 듯 내밀어 준 화면 속에는 초점이 나가 뭉개져버린, 기괴하게 웃고 있는 내가 있었다. 그런데 녀석은 그게 마음에 든단다.

가방에 있던 한국 과자를 쥐여주자 녀석은 누런 이를 드러내며 환하게 웃었다. 그제야 알았다. 아이는 말을 하지 못했다. "어버버" 하는 소리와 함께 격렬한 손짓 발짓으로 자신을 소개했다. 나의 멋대로인 해석이지만, 자신은 잠수의 귀재이자 갠지스강 최고의 수영 선수라는 뜻이었다. 귀여웠다. 내가 아이를 보며 귀엽다고 느낀 게 얼마 만이었을까. 굳어버린 내 감성을 이 말 못 하는 소년이 건드리고 있었다.

필통에서 파란색 펜을 꺼내 쥐여주었다. 녀석의 까만 손등에 내이름과 나이를 적어주었다. 이번엔 녀석의 차례였다. 아이는 내손을 소중하게 붙잡더니 한 자 한 자 천천히 꾹꾹 눌러쓰기 시작했다.

'ASHISH, 12'

비뚤배뚤하지만 반듯하게 적힌 그 이름이 마치 마음에 찍힌 도장 같았다.

아쉬쉬는 계속해서 수영하는 시늉을 하며 강으로 들어오라고 손짓했다. 하지만 나는 고개를 저었다. 미안하다, 아쉬쉬. 형은 발을 담그는 것만으로도 벅차다. 이 성스러운 강물 위에 떠다니는 너무 많은 것들을 이미 봐버렸기에, 아직 너처럼 온몸을 던질 용기가 나지 않는다.

아쉬운 작별의 시간. 나는 악수 대신 녀석을 꼭 안아주었다.

'나중에 내가 더 용감해지면 그때 같이 수영하자.'

숙소로 돌아와서도 손바닥에 적힌 파란 글씨를 한참 동안 들여다보았다. 씻어내기가 아쉬웠다. 하지만 야속하게도 하루가 지나고 이틀이 지나자 아쉬쉬의 이름과 나이는 비누 거품과 함께 서서히 흐려져 갔다.

내 손에 남긴 저 글씨는 완전히 사라지겠지만, 네가 내 손바닥을 꾹꾹 눌러쓰던 그 체온만은 오래도록 지워지지 않기를 바랐다.

인도의 개, 인도의 사람 ———————

    인도의 길 위를 떠도는 개들은 허기보다 '사랑'에 더 굶주려 보였다. 아주 작은 관심이라도 보일라치면, 녀석들은 평생의 충성을 맹세라도 한 듯 내 뒤를 쫓았다. 제 몸이 얼마나 더러운지도 모른 채, 그저 좋다고 매달리는 녀석들을 외면할 수 없어 내 주머니엔 늘 비스킷이 들어 있었다.

    쓰레기 더미를 뒤지는 것이 일상이던 녀석들에게 처음 내민 깨끗한 과자는 낯선 음식이었다. 냄새를 맡고 고개를 돌리는 녀석들도 있었지만, 이내 그 바삭한 맛을 알게 된 개들은 골목 어귀에서부터 나를 기다렸다. 꼬리를 헬리콥터처럼 흔들며 달려드는 녀석들. 주머니가 비어 과자를 사러 가는 길이면, 녀석들은 상점까지 쫄래쫄래 따라와 인도의 삭막한 거리에서 든든한 호위무사가 되어주곤 했다.

특히 바라나시의 기억은 강렬했다. 그곳의 개들은 대부분 병들어 있었다. 심한 피부병으로 털이 빠지고 살이 문드러진 녀석이 반갑다며 달려들 때면 내 옷은 흙발자국으로 엉망이 되었지만, 나는 개의치 않고 그 상처 투성이 등을 따뜻하게 쓸어주었다. 녀석은 침을 질질 흘리며 나를 따랐다.

바라나시를 떠나던 날, 작별의 선물로 평소보다 비싼 딸기 맛 과자를 건넸다. 하지만 녀석은 입에 넣자마자 뱉어버렸다. 아차 싶었다. 시궁창 같은 삶에 익숙한 녀석에게도 그 낯선 달콤함에 적응할 시간이 필요하다는 걸, 어리석게도 잊고 있었다. 결국 다시 평소 먹던 과자를 사 와서야 녀석들과 아쉬운 마지막 만찬을 나눌 수 있었다.

마날리로 올라오자 풍경이 바뀌듯 개들의 모습도 달라졌다. 서늘한 기후 덕분인지 이곳 녀석들은 피부병 없이 북슬북슬하고 윤기 나는 털을 자랑했다. 어느 날 식당에서 밥을 먹는데, 풍성한 갈색 털을 가진 개 한 마리가 눈에 밟혔다. 벅넌 수프에서 닭고기를 건져 몰래 건네주니 게 눈 감추듯 먹어 치웠다. 식당 주인의 매서운 눈초리 탓에 안으로 들어오지는 못하고 창문 밖에서 침을 뚝뚝 흘리며 나만 바라보던 그 눈망울. 결국 나는 밥을 먹다 말고 네 번이나 밖을 들락거리며 고기를 배달해야 했다.

이렇듯 나는 길 위의 생명들을 그냥 지나치지 못했다. 쓰다듬어 주거나 상점에 들러 간식거리를 사는 건 내 여행의 일과중 하나였다.

그날도 여느 때처럼 길거리 개들에게 과자를 나눠주고 있었다. 그때였다. 거리를 집 삼아 떠도는 꾀죄죄한 꼬마 한 명이 내 팔을 툭툭 치더니 손짓으로 과자 한 개만 달라고 했다.

순간, 덜컥 멈칫했다.

손에 들린 건 개들에게 주던 과자였다. 아무리 배가 고프다 한들 개한테 주던 것을 아이의 손에 쥐어줄 수는 없는 노릇이었다. 그건 같은 인간에 대한 예의가 아니라고 생각했다. 나는 아이에게 잠시 기다리라 이르고는 상점으로 뛰어 들어가 개 간식이 아닌 사람이 먹는 과자를 샀다.

새 과자를 받아 든 아이는 누런 이를 훤히 드러내며 해맑게 웃고는 돌아갔다.

그 뒷모습을 보는데 마음 한구석이 씁쓸해졌다. 길 위의 개들만 사랑에 굶주린 게 아니었다. 저 작은 아이 역시 따뜻한 관심과 사랑에 사무치게 굶주려 있었다는 걸 그제야 깨달았다.

아니면 정말 그냥 과자가 먹고 싶었을런지도.

바라나시의 이중성

바라나시는 먼지에서 태어나 먼지 속으로 소멸하는 도시다. 콜카타의 악명 높은 공해조차 명함을 내밀지 못할 만큼, 이곳의 탁한 공기는 폐부 깊숙이 박혀 숨을 옥죄어 온다. 아침을 맞이한 거리는 지난밤이 토해낸 쓰레기와 소들이 남긴 배설물로 뒤덮여 발 디딜 틈조차 허락하지 않는다.

성스러운 어머니 강이라 불리는 갠지스 위에는 하얀 천에 싸인 시신들이 유령처럼 부유하고, 그 위 하늘은 *까마귀* 떼가 점령했다. 오늘 아침, 화장터의 붉은 불길 속에서 나는 육신에서 떨어져 나온 누군가의 머리를 보았다. 삶이 한 줌의 재로 타들어가고 그 위로 무심한 새들이 날아오르는 풍경. 그로테스크한 생과 사의 공존이었다.

참으로 기이한 역설이다. 누군가는 지옥도 같은 이곳이 그리워 다시 짐을 싼다고 하니 말이다. 나는 고개를 저으며 이곳을 잠시 떠난다. 죽음의 냄새가 진동하는 이 잿빛 도시를 뒤로하고 네팔로 향한다. 음습한 기운 대신 푸른 생명력이 넘실대는 히말라야의 품으로 도망치듯 발걸음을 옮긴다.

그런데 덜컹거리는 기차 안, 차창 밖으로 풍경은 멀어지는데 이상하게도 머릿속 잔상은 지워지지 않는다. 먼지 구덩이라고 욕하며 떠나왔건만 끈적하게 달라붙은 바라나시의 공기가 뇌리에서 떠나질 않는다.

어쩌면 그 지독한 혼돈과 날 것의 죽음이, 나에게도 거부할 수 없는 매혹으로 스며든 것일까.

악몽 같은 기차역

　몸을 뉘었다. 아니, 무너지듯 기차 플랫폼 차가운 바닥에 등짝을 붙였다. 바라나시의 음습한 기운이 나의 모든 생기(양기)를 빨대 꽂아 마신 듯 손가락 하나 까딱할 힘조차 남아있지 않았다.

　기차가 멈추고 사람들이 쏟아져 나왔지만, 나는 시체처럼 일어날 수 없었다. 나를 훑고 지나가는 사람들의 기묘한 시선들. 그 눈빛이 버거워 나는 도망치듯 허공만 멍하니 응시했다. 다리에 앉은 모기가 내 피를 포식하는 걸 보면서도 손을 들어 쫓을 기운조차 없어 그저 가만히 바라만 보았다. 완전한 방전이었다.

　생각해 보니 하루 종일 빈속이었다. 허기보다 무서운 건 불덩이처럼 달아오른 몸이었다. 떨리는 손으로 가방을 뒤져 해열제를 꺼냈다. 물이 없었다. 플랫폼 구석 수도꼭지에서 흐르는 정체불명의

물은 차마 마실 수 없는 독약 같았다. 나는 입안의 침을 쥐어짜내 퍽퍽한 목구멍으로 커다란 알약을 억지로 밀어 넣었다. 삼킨 건 약이었지만, 넘긴 건 서러움이었다.

정차한 기차들 사이로 달이 떠올랐다. 한국에도, 저 멀리 영국에도 뜰 똑같은 달.

'나는 누구이며, 도대체 여기는 어디인가.'

고열에 들뜬 머릿속으로 뜬구름 같은 상념이 밀려왔다.

하지만 그 고상한 철학은 스피커를 찢고 나오는 안내 방송에 산산조각 났다. 기차는 2시간 연착. 입에서 단말마 같은 욕설이 튀어나왔다.

"시발."

허무하게도 그게 끝이 아니었다. 두 시간이라던 기다림은 세 시간으로 늘어났고, 나는 결국 차가운 돌바닥에 몸을 뉘인 채 5시간을 더 버텼다. 바퀴벌레가 스쳐 지나가는 역 바닥에서 바라나시는 끝까지 나를 쉽게 놓아주지 않았다.

그래도 떠날 시간은 왔다. 내 손에는 14시간짜리 기차표가 있다. 목적지는 네팔 포카라. 떠나는 순간에야 비로소 알았다. 이 도시는 사람을 편히 보내주지 않는다. 대신 나를 더 단단하게 단련시키는 방식으로 작별을 건넨다.

국경 너머의 거대한 침묵

14시간의 지옥같은 기차여행을 뒤로하고 국경을 넘는 순간, 마치 누군가 세상의 '음소거' 버튼을 누른 것 같았다. 인도의 고막을 찢던 경적 소리가 거짓말처럼 사라졌다. 낯설고도 거대한 침묵. 네팔은 고요함으로 나를 맞이했다.

포카라행 버스를 기다리던 정류장에서 낡아 빠진 플라스틱 의자에 앉아 생수를 들이켰다. 그때였다. 온몸에 때가 눌어붙은 꼬마 여자아이가 고사리 같은 손을 쑥 내밀었다. 서너 살쯤 됐을까. 뒤에는 예닐곱 살쯤 되어 보이는 오빠가 듬직한 척 서 있었다.

가진 과자를 쥐어주자 아이는 세상을 다 얻은 표정으로 오빠에게 달려갔다. 소년은 과자를 정확히 반으로 쪼개 동생 입에 먼저 넣어주고 남은 반쪽을 그제야 제 입으로 가져갔다.

'이게 핏줄인가.'

나는 삶은 계란 두 알을 다시 건넸다. 오빠는 이번에도 익숙하게 껍질을 까서 동생의 볼을 먼저 불룩하게 채워줬다. 가난하지만 비굴하지 않은 남매의 우애가 마음 한구석을 찌르르하게 울렸다.

하지만 여행은 감동만으로 굴러가지 않는다. 눈앞에 나타난 포카라행 버스는 '달리는 고철 덩어리'였다. 14시간 기차 이동으로 너덜너덜해진 몸을 억지로 구겨 넣었다. 눈 뜨면 포카라겠지, 그 믿음 하나로 잠을 청했다. 꿈속에서 서너 시간은 족히 구른 것 같아 눈을 떴지만 현실은 그대로였다. 버스는 여전히 시장통 구석에 처박혀 짐짝을 싣고 있었다.

"아저씨, 포카라까지 얼마나 걸려요?"

"지금부터 7시간."

탑승한 지 3시간 반이 지났는데, 출발도 제대로 안 했다는 뜻이었다.

버스는 그제야 굉음을 내며 움직였지만 그건 이동이 아니라 버티는 일이었다. 천장에선 빗물이 뚝뚝 떨어져 정수리를 때렸고 차체는 금방이라도 풀릴 듯 덜컹거렸다. 짐과 사람, 빗물과 땀 냄새가 뒤엉킨 좁은 공간. 자정에 도착한다던 버스는 칠흑 같은 어둠을 뚫고 새벽 4시가 되어서야 나를 포카라 길바닥에 내려놓았다.

인도의 열기에 맞춰 입은 얇은 반팔과 반바지 사이로 네팔 새벽의 냉기가 파고들었다. 이가 딱딱 부딪혔다. 눈에 보이는 호텔 문을 미친 듯이 두드려 겨우 방을 구했다. 바라나시를 떠난 지 꼬박 30시간. 얼음장 같은 물로 먼지만 대충 씻어내고 기절하듯 침대로 빨려 들어갔다.

다음 날 아침, 눈을 떴을 때 나는 지난밤을 용서하기로 했다. 포카라는 단순한 휴식처가 아니었다. 여행자의 심장을 다시 뛰게 만드는 도시였다.

창문을 열자 폐부 깊숙이 박혀있던 인도의 매연을 씻어내는 청량한 공기가 훅 끼쳐 들어왔다. 그건 마치 태어나 처음 마셔보는 공기처럼 달콤했다. 쌀쌀한 날씨에 호호 불며 먹는 '뗌뚝(네팔식 수제비)'의 뜨끈한 국물은 또 어떤가. 담백한 온기가 식도를 타고 넘어가자, 죽어가던 여행 감각이 하나둘 깨어나는 기분이었다.

오후가 되어 안개가 걷히자 포카라와 히말라야 산맥들을 품고 있는 페와호수의 숨겨왔던 얼굴을 드러냈다. 잔잔한 호수 위로 쏟아지는 햇살, 그리고 저 멀리 구름 사이로 고개를 내민 만년설의 히말라야.

'쿵, 쿵, 쿵.'

심장이 제멋대로 뛰기 시작했다. 자연이 주는 압도 앞에서 나는 그대로 굳어버렸다. 그 자리에서 일정을 늘리기로 마음먹었다. 저 거대한 설산의 품에 안기지 않고 돌아간다면 오래 후회할 것 같았다.

거리를 걷는 것만으로도 몸이 가벼워졌다. 고개를 들면 하늘을 수놓은 패러글라이딩이 보였고 거리 곳곳엔 트레킹, 래프팅, 번지 점프, 정글 사파리 같은 단어들이 걸려 있었다. 모든 것이 "이제 시작이야"라고 말하는 것 같았다. 나는 보물지도를 얻은 탐험가처럼 여행사를 찾아다녔다. 가격을 흥정하는 과정조차 피곤하지 않았다. 곧 시작될 모험을 위한 예열 같았다.

밤이 깊어지자 포카라의 레이크사이드는 낮보다 더 환해졌다. 인도의 광기 어린 소란함과는 결이 달랐다. 이곳은 떠날 준비가 된 사람들이 모인 거리였다.

거리 곳곳에서 흘러나오는 어쿠스틱 기타 선율은 가볍게 달콤했고, 내일의 모험을 앞둔 여행자들의 눈빛은 반짝였다. 낯선 이들이 나누는 웃음소리, 경쾌하게 부딪히는 맥주잔 소리, 그리고 히말라야의 품에 들어왔다는 안도감이 공기 속에 고요히 떠 있었다.

고생 끝에 찾아온 자유와 낭만. 내일 펼쳐질 미지의 시간에 대한 기대가 등줄기를 나고 올라왔다. 수많은 여행자가 뿜어내는 기분 좋은 열기 속에 섞여 내 마음도 덩달아 벅차게 북적거렸다. 나는 그 거리 한켠에 앉아 숨을 고르고 내일을 떠올렸다. 기대는 천천히, 그러나 분명하게 올라왔다.

등줄기를 타고 아직, 시작도 안 했다는 듯이.

구름이 걷히는 순간

네팔에 도착하자마자 나는 마음이 바빠졌다. 한정된 시간 안에 이 나라의 매력을 최대한 밀도 있게 누리고 가고 싶었다. 포가라의 거리를 누비며 트레킹, 래프팅 같은 레저 상품을 저울질하는 과정은 치열했지만 즐거웠다. 마음 같아서는 당장 배낭을 메고 히말라야 깊숙이 들어가고 싶었지만, 장비와 시간이라는 현실 앞에서 한 발 물러섰다. 대신 '사랑콧' 전망대행 택시를 잡았다. 트레킹은 다음으로 미루더라도 히말라야의 일출만큼은 놓치고 싶지 않았다.

새벽 4시. 졸린 눈을 비비며 택시에 올랐다. 차는 칠흑 같은 어둠을 뚫고 꼬불꼬불한 산길을 달렸다. 정상에 가까워질수록 사람들의 기척이 늘었다. 사랑콧은 이미 명당을 차지하려는 여행자들로 북적였다. 나도 그 틈에 섞여 바삐 움직였다. 조금이라도 더 높은 곳, 조금이라도 더 트인 시야를 찾아 헤매다가 결국 앉을 만한 자리를 잡았다. 솔직히는 피로가 몰려와 그곳이 명당이길 바랐던 것 같기도 하다.

얼마 지나지 않아 여명이 번졌다. 산 능선 뒤로 해가 조심스럽게 머리를 내밀었다. 한국에서 인도에서 영국에서 보았던 늘 같은 태양이었는데, 오늘은 달랐다. 어둠이 걷히자 시야가 한꺼번에 열렸다. 오른쪽에서는 해가 솟고 정면에서는 구름이 천천히 물러나며 히말라야의 설산이 모습을 드러냈다. 숨이 한 박자 늦게 넘어갔다.

구름은 마치 커튼 같았다. 누군가 일부러 조금씩 걷어 올리다, 참다 못한 사람들의 웅성임에 한 번에 확 젖혀버린 것처럼. 맑은 하늘 아래, 흰 설산은 종잇장처럼 구겨진 결을 그대로 드러내며 솟아 있었다. 인간이 만든 어떤 구조물도 따라갈 수 없는 크기와 조화. 나는 그 앞에서 한동안 움직이지 못했다.

"이거 보면서 봐요. 더 잘 보여요."

누군가 내 등을 툭 치는 바람에 정신이 돌아왔다. 뒤를 돌아보니 빵과 간식거리를 파는 현지 아주머니가 봉우리마다 이름이 적힌 커다란 사진 판을 내밀고 있었다. 순간 호객 행위인가 싶어 경계심이 올라왔지만 아주머니는 먼저 말을 정리해주었다.

"배 안 고프면 안 사 먹어도 돼. 그냥 봐요. 다 보고 돌려주기만 해."

투박한 말투였지만 따뜻했다. 나는 감사 인사를 하고 사진 판을 받아 들었다. 사진 속 산과 눈앞의 산을 번갈아 보았다. 오래전에 찍었을 사진인데도 히말라야는 거의 그대로였다. 변하지 않는 풍경이 오히려 마음을 흔들었다.

나는 두 시간 가까이 그 자리를 떠나지 못했다. 구름이 완전히 걷히고, 해가 높이 올라갈 때까지 그 장면을 눈에 담았다. 눈앞에 거인이 서 있으니 욕심이 생겼다. 언젠가 체력을 길러 다시 오리라. 그때는 전망대에서 바라보는 것이 아니라 내 두 발로 저 산의 품 속을 오래 걷겠노라 다짐했다. 그리고 가능하다면 그 길은 혼자가 아니었으면 했다. 레이크사이드에서 보았던 수많은 연인처럼 손을 잡고 호숫가를 걷고, 추운 날 커피 한 잔을 나누는 평범한 행복을 이곳에서 누려보고 싶었다.

사랑콧을 내려오는 길, 허기를 달래려 빵과 커피를 샀다. 화려한 맛은 아니었다. 조미료 하나 없이 담백한 빵이 씹을수록 고소했고 진한 블랙커피가 입안을 정리해줬다. 꾸밈이 없는데도 깊게 남는 맛. 이상하게 그게 네팔 같았다.

숙소로 돌아와 이불 속으로 파고들자 눈부신 설산의 잔상이 꿈결처럼 따라 들어왔다.

네팔에서 레프팅

달콤한 휴식 뒤에 찾아온 건 몸의 반란이었다. 오후 느지막이 눈을 뜨자마자 배가 뒤틀리듯 아팠다. 여행자들의 악명 높은 '네팔 물갈이'가 시작된 모양이었다. 열이 올라 몸이 축 늘어졌고, 피로가 몰려오자 입안은 금세 헐었다. 누워만 있어도 기운이 빠졌다.

그래도 물은 사야 했다. 겨우 밖으로 나가는데 하늘이 폭우를 쏟아냈다. 빗속에서 나는 속으로 생각했다. '하필 오늘이냐.' 젖은 채 숙소로 돌아와 빈속에 해열제를 삼켰다. 한국에서는 대수롭지 않던 약이 여기서는 유일한 버팀목처럼 느껴졌다.

내일 새벽에는 래프팅이 예정돼 있었다. 걱정이 앞섰지만 침대에 누워 되뇌었다. '갈 수 있다.' 억지로 잠을 청하고 맞이한 새벽 6시. 몸은 여전히 무거웠다. 그래도 이 기회를 날리기 싫어 배낭을 멨다. 위로가 되는 건 거짓말처럼 맑게 갠 날씨뿐이었다.

여행사가 지정해준 목적지가 어딘지 짐작도 못 한 채 이 버스를 타라고 해서 그 버스를 탔다. 버스는 네 시간을 넘게 달렸고 중간 중간 승객들이 타고 내리기를 반복했다. 지루함에 넓은 땅을 원망할 즈음, 창밖에서 누군가 고래고래 소리를 질렀다. 버스가 멈추고 열린 창문 틈으로 어눌한 한국어가 들려왔다.

"이 차에 래프팅 손님 있다! Lee! Lee!"

도로 한복판에서 내리라고 했다. 순간 당황했다. 가이드가 늦었거나 기사가 그냥 지나쳤다면 어쩔 뻔했나. 아직도 이 픽업 방식은 이해가 어렵다. 어쨌든 도로변에 내려 사람이 덜 보이는 쪽에서 급히 옷을 갈아입었다. 강가로 내려가니 영국인 커플 두 쌍과 중국인 셋, 그리고 나까지─ 총 여덟 명의 다국적 팀이 꾸려져 있었다.

포카라를 떠난 지 다섯 시간 만에 드디어 보트에 올랐다. 강물은 차갑고 투명했다. 솔직히 급류가 휘몰아치는 스릴 넘치는 코스는 아니었다. 하지만 풍경이 그 아쉬움을 덮었다. 병풍처럼 둘러선 산맥과 밝은 하늘, 물빛. 잔잔한 구간에 이르자 가이드는 우리를 물속으로 밀어 넣었다. 구명조끼에 몸을 맡기고 둥둥 떠다니며 하늘을 올려다봤다. 시린 파란색이 시야를 가득 채웠다. 물 위에 누워 있는 그 짧은 시간 동안, 지독했던 몸살 기운이 한결 가라앉는 느낌이었다. 마음이 먼저 조용해졌다.

두 시간의 래프팅을 마치고 강변 오두막에 도착해 늦은 점심을 먹었다. 샌드위치와 샐러드뿐인 소박한 식탁을 구한 건 중국 친구들이 꺼낸 '비법 양념'이었다. 매콤한 소스를 밍밍한 식빵에 얹으니 입맛이 살아났다. "습, 습"거리며 매워하면서도 연신 엄지를 치켜세우는 영국인 커플을 보며, 우리는 웃었다. 매운맛 하나로 금세 가까워졌다.

식사 후에는 돌아갈 차편을 구해야 했다. 가이드들이 지나가는 로컬 버스를 향해 손을 흔들었다. 만원 버스 두 대는 그냥 보내고 세 번째 버스에 몸을 실었다. 버스 안은 땀 냄새와 먼지, 사람들의 목소리가 뒤섞여 숨이 막힐 정도였다. 인파에 눌린 채 겨우 숨만 쉬고 있던 찰나였다.

그 소란을 뚫고, 믿기 힘든 소리가 들렸다.

"Lee?"

처음엔 잘못 들은 줄 알았다. 여긴 네팔의 이름 모를 시골길, 그것도 달리는 로컬 버스 안이었다. 그런데 그 목소리가 다시 한 번, 이번엔 더 또렷하게 나를 불렀다.

"Lee."

나는 숨을 한 번 삼키고 고개를 돌렸다. 그 순간, 이상하게도 주변이 잠깐 멀어졌다. 사람들의 고함도, 버스의 흔들림도. 시야 한가운데에 얼굴 하나가 선명해졌다. 인도 바라나시 갠지스 강변에서 만났던 일본인 친구였다.

"세상에…!"

우리는 서로를 확인하고도 잠시 말을 잇지 못했다. 관광지에서
다시 만나도 신기할 텐데 이런 길 위에서, 이런 버스 안에서 게다
가 내가 세 번째 버스를 겨우 타고 있는 이 순간에. 반가움보다 먼
저 "말이 되나?" 하는 웃음이 올라왔다.

인파에 눌린 채 우리는 서로의 손을 꽉 잡았다. 말은 많지 않았
다. 얼굴을 몇 번이나 다시 확인하고, 웃고 또 웃었다. 그 짧은 침
묵이 오히려 더 확실했다.

'정말 너구나.'

그는 세계 일주 중이었고 네팔의 일본식 사찰을 찾아간다며 곧
내려야 했다. 버스가 멈추자 그는 사람들 사이로 몸을 빼내듯 내
려섰다. 나는 창밖으로 손을 흔들고 그를 보며 마지막으로 웃었
다. 그도 나를 보고 웃으며 마지막으로 손을 흔들었다. 서로의 여
행길이 무사하길, 그 말만큼은 표정으로 충분히 전해졌다.

왕복 8시간의 대장정 끝에 포카라로 돌아왔다. 물갈이로 시작해
강물 위에서 조금 회복하고 길 위에서 뜻밖의 인연까지 만난 하
루. 몸은 녹초가 됐지만 마음은 이상하게 정돈되어 있었다. 몸이
먼저 무너진 날이었는데, 결국 마음이 먼저 살아난 날로 남았다.

안녕하세요?

"안녕하세요."

"안녕하세요."

짧은 인사가 오갔다. 타지에서 한국어를 듣는 반가움과 낯섦이 반씩 섞인 미소가 서로의 얼굴에 번졌다. 우리는 자연스럽게 다음 날 아침을 기약하고 헤어졌다.

약속한 아침, 밥을 먹고 커피를 마신 뒤 히말라야 산자락을 따라 천천히 걸었다. 서울 H대학교에서 연극과 영화를 공부한다던 그 형. 함께한 열두 시간 동안 우리는 이상하리만치 솔직해졌다. 꿈에 대한 갈망부터 남에게는 꺼내기 어려운 이야기, 오래 눌러둔 가족사까지. 타인이기에 가능한 고백들이 히말라야의 차가운 공기 속으로 흩어졌다.

그날 밤 우리는 각자의 숙소로 돌아갔고 다음 날 아침 나는 인 도로 돌아가는 기차를 타기 위해 다른 지역으로 떠났다. 짧은 문자 한 통으로 작별을 남겼다. 그게 마지막이었다. 한국으로 돌아오며 현지에서 쓰던 번호가 사라졌고 우리를 잇던 끈도 그렇게 끊어졌다.

나는 우리가 서로에게 '임금님 귀는 당나귀 귀' 설화 속 대나무 숲이 되어주었다고 생각한다. 동화 속 숲은 결국 비밀을 세상에 흘리고 말았지만, 우리의 숲은 달랐다. 우리는 히말라야라는 거대하고 고요한 자연 속에서 서로의 이야기를 묻고, 묻은 것을 다시 들추지 않기로 했다. 말들은 산맥 어딘가에 잠들었고 우리는 그 자리에서 조금 가벼워진 몸으로 일어설 수 있었다.

연락처조차 휘발되어버린 지금, 다시 만날 기약은 없다. 그래도 먼 훗날, 우연히라도 그 형을 다시 마주하게 된다면 덤덤하게 묻고 싶다.

그날 그 숲에 묻은 것들이 지금도 당신을 덜 아프게 해주는지.

그리고 당신의 꿈은 여전히, 당신 편인지.

선 하나를 넘는 일

포카라를 떠나 인도·네팔 국경 소나울리로 향하는 로컬 버스에서의 7시간은 인내심을 시험하는 시간이었다. 다리를 뻗기는커녕 무릎이 앞좌석에 닿을 만큼 좁은 공간에 몸을 접어 넣어야 했다. 자세를 바꿔보려 애써도 낡은 버스는 잠깐의 편안함조차 주지 않았다. 도로는 거칠었고, 잠깐 눈이 감길라치면 차가 크게 요동쳤다. 창문 아래로 깊은 낭떠러지가 스치듯 보일 때마다 심장이 철렁 내려앉았다. 이런 차로 이런 길을 달린다는 게 믿기지 않았다. 나는 몸을 웅크린 채 허리를 부여잡고 쪽잠만 끊어 갔다.

'이제 진짜 한계다.'

그 생각이 끝나기도 전에, 버스는 거짓말처럼 국경에 닿아 있었다.

무거운 배낭을 짊어지고 터덜터덜 출국 심사장으로 향했다. 인도에서 네팔로 들어올 때는 들뜬 마음에 몰랐지만 국경을 두 발로 걸어 넘는 경험은 묘하게 선명했다. 선 하나를 넘는 순간 공기가 바뀌고, 표정이 바뀌고, 말이 바뀌었다. 문득 분단된 조국이 떠올랐다. 언젠가 우리도 이렇게 걸어서 북쪽을 지나 중국으로, 러시아로 갈 수 있을까. 괜히 코끝이 찡해졌다.

네팔 출국 도장을 찍고 곧바로 인도 입국 도장을 받았다. 6박 7일의 네팔 여행은 그렇게 마침표를 찍었다.

이제부터는 다시 인도였다. 바라나시로 돌아갈 길이 남아 있었다. 나는 국경 근처에서 시원한 망고 주스 한 병을 샀다. 목이 타들어가던 몸에 그대로 들이부었다. 터무니없는 가격을 부르는 지프들은 지나치고 현지인들과 승용차에 합승해 바라나시행 기차가 있는 고락푸르로 향했다.

세 시간 내내 차 안은 조용했다. 땀은 비 오듯 쏟아지고 달릴 때마다 흙먼지가 들이닥쳤다. 입을 열 힘조차 아까웠다. 그렇게 고락푸르 정선역에 도착한 게 저녁 5시 무렵. 내 기차는 밤 11시 5분이었다. 여섯 시간을 버텨야 했다.

역 앞엔 릭샤꾼들이 끈질기게 달라붙었다. 그중 그나마 순해 보이는 사람을 골랐다.

"근처 영화관으로 가고 싶어요."

그 역시 착한 얼굴로 바가지를 씌우려 했다. 영화관 위치를 모르는 나는 속수무책이었다. 아침부터 물과 음료수만 마신 채 더위와 싸우다 보니 몸에서 남은 힘이 바닥난 느낌이었다. '멀어서 비싸다'는 그의 말이 사실이길 바라며 릭샤에 올랐다.

하지만 역시나 쇼핑몰은 코앞이었다. 따질 기운도 없었다. 돈을 쥐어주고 도망치듯 에어컨이 빵빵한 쇼핑몰 안으로 들어갔다. 꼭대기 층 영화관은 그야말로 구원이었다. 힌디어를 알아들을 리 없지만, 표를 아무거나 끊고 상영관에 들어갔다. 한숨 자려던 계획은 금세 무너졌다. 특유의 흥겨운 인도 영화에 빨려 들어가 끝까지 집중해서 보고 말았다. 배가 고파서 식당가에서 먹은 인스턴트 파스타는 평범했지만 굶주린 나에게는 충분히 근사했다.

다시 역으로 돌아오니 기차 시간까지 한 시간이 남았다. 돌아오는 릭샤비도 갈때 준 돈보다 반이나 깎았고 배도 불러 만족감에 심적으로 풍요로운 사람이 되었지만, 나는 여전히 익숙한 듯 역 바닥에 털썩 주저앉아 있었다. 아무 생각이 없어야 시간이 빨리 지나니 멍하니 시간을 보내고 있는데 역 직원이 다가왔다. 나는 보란 듯이 꼬깃꼬깃한 티켓을 내밀었다. 일반석이 매진이라 울며 겨자 먹기로 끊었던 퍼스트 클래스 티켓이었다.

"왜 여기 앉아 있습니까?"

황당한 질문에 나는 기차를 기다린다고 답했다. 영어가 서툰 그는 대답 대신 내 손목을 잡아끌었다.

"따라오세요."

그가 데려간 곳은 역 구석의 웨이팅 룸이었다. 문을 여는 순간, 나도 모르게 감탄이 나왔다. 20평 남짓한 공간에 에어컨이 여러 대 돌아가고 천장 선풍기가 쉼 없이 공기를 밀어냈다. 인도라고 믿기 어려울 만큼 깨끗한 화장실과 전광판까지 있었다.

"티켓이 있으니 여기서 쉬세요. 공짜입니다."

그제야 알았다. 외국인이 바닥에 앉아 있는 게 안쓰러워서가 아니라, 내 티켓에 포함된 권리라는 것을. 시원한 의자에 앉자 주변 사람들이 다가와 도움이 필요하냐며 말을 걸었다. 네팔과는 또 다른 방식으로 인도는 이렇게 투박한 친절을 건넸다.

기차시간이 되자 역무원의 안내로 기차에 올라 2층 침대 2개가 놓인 퍼스트 칸으로 이동을 했다. 낯선 인도인 세 명과 어색하게 인사를 나누고 자리에 앉아 있는데, 표 검사를 하던 차장이 갑자기 짐을 싸서 나오라고 손짓했다.

'사리를 살못 샀나. 기차를 잘못 탔나.'

가슴이 철렁하는 순간, 그는 텅 빈 4인용 객실 문을 열어줬다.

"자리가 많이 비었어요. 모르는 사람들과 섞여 가는 것보다 혼자 쓰는 게 편할 겁니다. 문 꼭 잠그고 푹 자요."

그는 그렇게 말하고 휙 사라졌다. 덜컹거리는 기차 안에서 방 하나를 통째로 쓰게 될 줄은 몰랐다. 나는 침대 네 개가 있는 객실에 눕자마자 그대로 잠에 빠졌다.

"이봐요, 일어날 시간입니다. 거의 다 왔어요."

문 두드리는 소리에 눈을 떴다. 밖으로 나가보니 어제 그 차장이었다. 안내방송조차 없는 인도 기차에서 그는 내게 '알람'이 되어주었다. 웃으며 아침 인사를 건네고 돌아서는 뒷모습을 보며 이상하게 마음이 뜨거워졌다. 비싼 티켓 덕분이기도 했겠지만 그 안에 담긴 온기는 분명 진짜였다. 한국에서 당연하게 지나쳤던 서비스와 친절이 이 먼 곳에서는 새삼 고맙게 느껴졌다.

포카라를 떠난 지 꼬박 28시간. 흙먼지와 땀방울, 버스의 고통과 기차의 안락함을 오가며 나는 마침내 6박 7일의 짧은 일탈을 마치고 다시 바라나시에 도착했다. 몸은 녹초였지만 마음만은 이상하게 꽉 차 있었다.

퍼스트와 이코노미, 빈과 부

비행기야말로 자본주의 사회의 가장 적나라한 축소판이 아닐까. 나는 종종 이 거대한 쇳덩어리를 보며 묘한 거부감을 느끼곤 했다. 그 거부감의 실체는 탑승 수속 카운터에서부터 시작된다. 부와 지위에 따라 줄은 갈라지고 비행기에 오르는 순간 보이지 않는 계급의 커튼이 쳐진다.

누군가는 구름 위에서 최고급 와인을 마시며 다리를 뻗고, 누군가는 좁은 좌석에 끼어 무릎을 굽힌다. 하지만 가장 기이한 것은 그 불평등에 대한 우리의 태도다. 우리는 각자 지불한 돈의 액수만큼 책정된 친절과 안락함에, 마치 착한 아이들처럼 순응하며 비행기에 오른다. 어떤 이는 평생 구름 위를 날아보지도 못하는데 말이다.

하늘에 비행기가 있다면 땅에는 인도의 기차가 있다. 인도에 도착해 마주한 기차는 비행기보다 훨씬 더 노골적이고 가혹한 빈부의 전시장이었다. 한국의 기차 등급과는 차원이 다른 철저한 계급 사회가 그 긴 열차 안에 구현되어 있었다.

가장 상위 포식자가 머무는 1A(First AC)칸. 이곳은 움직이는 특급 호텔이다. 문을 닫으면 완벽히 독립된 공간, 빵빵하게 돌아가는 에어컨, 푹신한 침대까지. 바깥세상의 소음과 먼지를 완벽히 차단한 그들만의 성역이다. 그 아래 2A와 3A 역시 에어컨과 지정된 침대가 제공된다는 점에서는 '가진 자'들의 영역에 속한다. 커튼 하나로 공간이 나뉘거나 침대가 3층으로 늘어나긴 하지만, 적어도 쾌적함은 보장받는다.

에어컨의 축복이 끝나는 지점부터 진짜 인도의 민낯이 시작된다. 내가 네팔에서 돌아올 때 울며 겨자 먹기로 탔던 FC(First Class). 이름만 '퍼스트'일 뿐 에어컨 대신 천장에 매달린 낡은 선풍기가 뜨거운 바람을 휘젓는 곳이다. 비싼 값을 치렀지만, 창문을 열어 흙먼지를 마셔야 하는 묘한 아이러니가 있는 등급이었다.

그리고 여행자들과 서민들의 발이 되어주는 SL(Sleeper Class). 이곳은 그야말로 날것이다. 에어컨은 사치고 침구 따위는 없다. 열린 창문으로 인도의 열기와 소음, 매캐한 먼지가 여과 없이 들이닥친다.

하지만 내가 목격한 가장 충격적인 풍경은 객차의 등급이 아니었다. 그곳에 머무는 사람들의 '때깔'이었다. 에어컨 칸에서 내리는 사람들의 피부는 윤기가 흐르고 옷은 다림질한 듯 말끔하다. 여유로운 살집은 그들의 부를 상징하는 듯하다. 반면 등급이 낮아질수록 사람들의 몸은 말라가고 옷은 땀과 먼지로 얼룩져 있다.

더욱 기가 막힌 건 표를 살 돈조차 없어 짐짝처럼 끼어가는 이들이다. 승무원에게 꼬깃꼬깃한 지폐 몇 장을 쥐여주고 바닥에 신문지를 깔거나 화물 칸 구석에 웅크려 스무 시간을 버티는 사람들.

하나의 긴 뱀 같은 기차 안에서 누군가는 에어컨 바람이 너무 차갑다며 포근한 담요를 목 끝까지 덮고 잠을 청한다. 바로 그 시간, 몇 칸 뒤의 누군가는 찜통 같은 더위 속에서 콩나물시루처럼 서서 비오듯 땀을 흘리며 생존을 위한 사투를 벌인다.

극단적인 편안함과 극단적인 고통이 얇은 철판 하나를 사이에 두고 공존하는 곳. 그럼에도 기차는 무심하게 기적을 울리며 어둠을 뚫고 달린다.

서로 다른 세상을 품은 채, 똑같은 목적지를 향해.

6부

안녕을 연습하는 시간

리쉬케시, 고요를 믿었고,
현실을 봤다

여행은 언제나 예상을 빗나간 궤도로 흐른다. 바라나시의 찜통 더위를 뒤로하고 무려 스무 시간을 달려온 기차 안에서 나는 한껏 부풀어 있었다. 비틀즈의 요가의 고향인 리쉬케시. 그곳엔 수행자들이 머무는 아쉬람의 고요가 있을 것이고 무엇보다 인도 평원보다는 훨씬 시원한 공기가 나를 반길 거라 믿었다.

도착한 리쉬케시는 네팔처럼 래프팅 같은 수상 레저가 즐비했고 음악 학원과 아쉬람이 어우러진, 분명 활기 넘치는 도시였다. 하지만 묘하게도 도시의 공기와 나의 파장은 엇갈리고 있었다. 이곳이 나를 품어주기보다 서서히 지치게 만들고 있다는 직감. 단 하루 만에 '이곳에 머무는 건 무의미하다'는 결론을 내리고 떠나기로 한 건, 단순히 기분 탓만은 아니었다.

사실, 결정적인 '사건'이 있었다.

어젯밤, 기분 좋게 산책을 마치고 게스트하우스 방문을 연 순간이었다. 칠흑 같은 어둠 속에서 스위치를 딸깍, 하고 켰을 때 내 눈앞에 펼쳐진 광경은 그야말로 지옥이었다. 방바닥 한가운데, 열 마리 남짓한 바퀴벌레떼와 쥐 한 마리가 서로 뒤엉켜 꿈틀대고 있었다.

순간 등줄기로 소름이 끼치며 '내일 당장 떠나야 한다'는 원초적 본능이 뇌를 지배했다. 불이 켜지자마자 바퀴벌레들은 침대 밑으로 쥐는 어딘가의 구멍으로 쏜살같이 자취를 감췄다. 그 사라짐이 더 공포였다. 불을 끄면 다시 튀어나와 내 몸 위를 기어다닐 것만 같았다. 결국 나는 뜬눈으로, 환하게 불을 켜둔 채 밤을 지새웠다.

평소라면 가이드북 추천 따위는 거들떠보지도 않았을 나였다. 하지만 그날따라 배낭은 납덩이처럼 무거웠고, 발품을 파는 대신 책에 나온 '가장 적합한 숙소'를 택하는 타협을 했었다. 그 게으름의 대가는 혹독했다. 인도가 아무리 더러운 곳이라 해도 내 방 안에서 쥐와 바퀴벌레가 파티를 벌이는 꼴을 본 건 난생처음이었다. 그 시각적 충격은 리쉬케시 전체의 위생에 대한 불신으로 번져갔다.

다음 날 아침, 숙소 앞 소똥 주위를 맴도는 파리떼를 보자 의심은 확신이 되었다. '이런 위생 상태에서 레저고 수양이고 즐기다간 객사하겠다'는 생각마저 들었다. 다 나았다고 믿었던 배탈 기운이 다시 스멀스멀 올라와 배를 쥐어짜기 시작했다.

나는 도망치듯 배낭 두 개를 앞뒤로 둘러메고 숙소를 나섰다. 누군가는 비웃을지도 모른다. 고작 벌레 좀 봤다고 지역을 옮기냐고, 인도까지 와서 유난 떤다고.

하지만 보지 않은 자는 모른다. 눈앞에서 꿈틀대던 그 생생한 혐오감을. 그것들이 내 눈에만 띄지 않았어도 나는 묵묵히 버텼을 것이다. 허나 이미 봐버린 이상, 내 망막엔 불을 켜자마자 흩어지던 그 끔찍한 잔상이 문신처럼 박혀버렸다.

비틀즈가 사랑했던 도시, 수많은 여행자가 요가와 명상을 찾아오는 영혼의 안식처 리쉬케시. 하지만 나에게 이곳은 그저 '지나치게' 깔끔 떨고 싶은 본능을 일깨운 쥐와 바퀴벌레의 소굴일 뿐이었다.

우웩, 속이 메스껍다. 안녕, 리쉬케시. 그리고 다시는 마주치지 말자, 나의 끔찍한 불청객들아.

20시간이 가져다 준 행복 ────────

나와 지독히도 맞지 않았던 리쉬케시에 하루만에 안녕을 고하고, 등받이조차 딱딱한 로컬 버스에 몸을 구겨 넣은 채 기나긴 스무 시간을 달려왔다. 인도의 살인적인 무더위와 끝없는 이동에 몸과 마음이 너덜너덜해질 무렵, 드디어 '인도의 스위스'라 불리는 마날리에 발을 디뎠다.

도착하자마자 직감했다. 이곳이야말로 내가 그토록 찾아 헤매던 정착지라는 것을. 마날리는 지친 여행자에게 최적의 안식처였다. 단순히 공기가 맑고 강물이 깨끗하다는 말로는 부족했다. 이도시의 청명함 자체가 여행자의 발목을 단단히 붙잡아 두는 힘을지니고 있었으니 말이다. 인도의 대표적인 신혼여행지라 관광객이 북적일 법도 한데, 의외로 물가는 합리적이었고 동네 전체에 흐르는 공기는 차분하고도 고요했다.

가장 마음에 들었던 건, 아무런 규칙 없이 길가에 툭툭 놓인 나무 의자들이었다. 그 투박한 의자에 털썩 주저앉아 시원한 바람을 맞으며 눈앞에 펼쳐진 히말라야의 전경을 바라보고 있자니, 천국이 있다면 바로 여기가 아닐까 싶었다.

이 도시의 백미는 단연 아침이었다. 눈을 뜨자마자 게스트하우스 창문 가득 펼쳐진 하얀 설산은 시선을 뗄 수 없을 만큼 압도적 위용을 자랑했다. 공기가 조금 차다 싶으면 두꺼운 담요를 어깨에 두르고 대야에 뜨거운 물을 가득 받아 발코니로 나갔다. 따뜻한 물에 발을 푹 담근 채 신이 빚어놓은 거대한 조각품, 히말라야를 마주하는 순간. 코끝을 스치는 바람은 알싸하게 차가웠지만 발끝에서 전해오는 온기로 몸은 노곤했다. 그 기묘하고도 완벽한 온도차 속에서 나는 매일 아침 황홀경을 맛보았다.

인도의 무더위와 벌레 떼에 지쳐가던 나에게 마날리는 구원이었다. 리쉬케시에서 이곳까지 오는 20시간의 버스 여행은 분명 지옥이었으나, 이 천국 같은 풍경을 마주한 순간 그 끔찍했던 기억들은 눈 녹듯 사라져 버렸다. 오직 감탄만이 남았다.

행복한 모모스프

입김이 절로 나는 차가운 공기지만 내리쬐는 햇살만큼은 따스하다. 아침에 눈을 뜨자마자 만두와 꼭 닮은 '모모'가 잔뜩 들어간 뜨끈한 수프가 가장 먼저 떠올랐다. 주섬주섬 옷을 챙겨 입고 게스트하우스 앞 식당으로 향했다.

잠이 덜 깬 몸이 한기에 저절로 웅크려진다. 주인아주머니가 직접 손으로 빚어내는 모모는 기다림이 필요한 음식이다. 나는 식당 테라스 의자에 앉아 등 위로 쏟아지는 햇살을 즐기기로 한다. 곧 나올 따뜻한 국물을 상상하며 청량하고 깨끗한 아침 공기 속에 담배 연기를 흩뿌린다.

날은 춥지만 볕은 다정하다. 시야에 들어오는 사람들은 저마다의 하루를 여느라 분주하다. 누군가는 세차를 하고 누군가는 가게

문을 연다. 칙칙한 색 교복을 입은 학생들은 삼삼오오 짝을 지어 학교로 향한다. 지난밤 내린 비의 흔적을 품은 길바닥은 햇빛을 머금고 반짝반짝 빛나고 있다.

드디어 모모 수프가 도착했다. 김이 모락모락 피어오르는 그릇 안, 양고기가 꽉 찬 모모를 한 입 베어 문다. 입안 가득 담백하면서도 진한 육즙이 터져 나온다. 뜨끈한 국물도 한 숟가락 뜬다. 피어오르는 수증기 너머로 세상이 아득해지며 왠지 모를 몽환적인 기분에 젖어 든다.

소박하지만 더할 나위 없는 아침, 나는 오늘도 행복하다.

기부를 위한 사업,
다즐링 보이스 카페의 나눔

독특한 이름이 시선을 붙잡았다. 열린 문틈으로는 이 산골 마을의 고즈넉함과는 사뭇 다른, 리드미컬한 힙합 비트가 흘러나오고 있었다. 오픈한 지 얼마 되지 않은 듯 깔끔하면서도 이상하게 사람을 끄는 분위기를 풍기는 카페 겸 레스토랑이었다.

입구에서 네팔 사람처럼 생긴 앳된 청년이 들어오라며 반갑게 손짓했다. 혼자라 조금은 뻘쭘한 기분으로 가게에 들어서니, 이번엔 조금 너 연배가 있어 보이는 이복구비가 뚜렷한 호감형 인상의 주인아저씨가 환한 미소로 나를 맞이했다. 사실 그가 진짜 주인인지는 확실치 않았다. 호기심에 나를 이끈 청년에게 저분이 누구냐고 슬쩍 묻자 대뜸 "형"이라고 했다. 생김새로 보아 피가 섞인 친형제 같지는 않았지만, 나는 그를 편하게 '마스터'라 부르기로 했다.

그는 '다즐링'이라는 단어가 나올 때마다 눈을 반짝였다. 알고 보니 그도, 나를 호객했던 청년도 홍차의 성지 다즐링에서 이제 막 마날리로 온 사람들이었다.

"다즐링에서만 맛볼 수 있는 아주 귀한 차가 있어요."

그가 권했지만, 나는 다즐링 향기보다는 당장의 허기가 더 급했다. 배를 채울 만한 걸 추천해 달라는 내 말에 그는 주저 없이 엄지를 치켜세웠다.

"그렇다면 다즐링 모모가 최고죠."

음식을 주문하고 읽던 책을 펼쳐 들었지만 활자에 집중하기란 쉽지 않았다. 마스터가 내 앞에 앉아 말동무를 자처했기 때문이다. 그는 씁쓸한 표정으로 입을 열었다.

"이곳 사람들은 돈에 미쳐 있는 것 같아요."

속으론 '어느 곳인들 돈에 미치지 않은 사람들이 있을까' 생각했지만, 그의 이야기는 예상치 못한 방향으로 흘렀다. 그는 자신을 '떠돌이 사업가'라고 소개했다. 하지만 돈을 벌기 위해 떠도는 것이 아니었다. 나눔을 실천하기 위해 가게를 연다고 했다.

"두 달 뒤에는 고아로 갈 겁니다. 그다음 두 달 뒤에는 첸나이로 갈 거고요."

그는 자신이 일구어 놓은 가게를, 일정한 수입을 얻으면 집안 형편이 어려운 직원들에게 온전히 물려주고 미련 없이 떠난다고 했다.

나는 어느새 책을 완전히 덮고 그의 이야기에 빠져들었다. 그는 자신이 네팔에 상당한 재산을 가진 집안 출신이라 털어놓았다(그는 인도인처럼 보였지만 네팔 사람이었다). 덕분에 돈이라는 굴레에 얽매이지 않고 자유로운 삶을 선택할 수 있었다는 것이다. 이야기 끝에 그는 간곡한 부탁을 하나 덧붙였다.

"이 청년들을 도와주세요."

거창한 기부나 봉사를 바라는 게 아니었다.

"그저 와서 맛있게 드시고 정말 맛이 있다면 친구들에게 소개해 주세요. 그거면 됩니다."

나는 음식 맛을 보고 결정하겠다며 농담 섞인 웃음으로 답했다.

음식이 준비되는 동안, 다즐링에서 온 청년은 내 소매를 끌고 주방으로 향했다. 먼지 하나 없이 반짝이는 조리 도구들과 벽면에 자신이 직접 그린 벽화들을 자랑스럽게 설명하는 그의 눈빛이 유난히도 순수하게 빛났다.

드디어 김이 모락모락 나는 양고기 모모가 나왔다.

피는 속이 비칠 정도로 얇았고 한 입 베어 물자 육즙이 입안 가득 퍼졌다. 거짓말을 조금 보태자면 여태껏 타지에서 먹어본 모모 중 한국의 만두 맛과 가장 흡사한, 그리운 맛이었다.

게 눈 감추듯 모모를 비우고 곧 이 가게의 주인이 될 수도 있는 행운의 청년들과 마주 앉아 체스를 두었다. 어느덧 창밖으로 해가 뉘엿뉘엿 저물어가고 있었다.

내일 다시 오겠다는 약속을 남기고 가게를 나섰다. 집으로 돌아가는 길, 등 뒤에서 '다즐링 보이스' 카페가 왠지 모를 따뜻한 온기로 나를 배웅하며 밝게 웃고 있는 듯했다.

흔적

다즐링 보이스 카페 한쪽 벽에 내 흔적을 남겼다. 뭐든지 좋으니 한국어로 아무 말이나 적어달라고 내어준 이 흰색 벽에 시를 한 편 적었다.

먼 훗날 언젠가 내가 이곳에 다시 돌아 왔을 때 저 미완성의 시를 보고 한바탕 크게 웃었으면 좋겠다.

싹이 트고
줄기가 굵어지고
봉오리가 맺혀
가장 알맞은 때에
꽃은 화려하게 피어난다

줄기가 여물지 못하고

봉오리가 차지 않았는데

서둘러 핀 꽃은

예쁘지가 않다

져먼베이커리

유난히 일찍 눈이 떠진 아침이었다.

텅 빈 위장이 아우성쳐 무작정 거리로 나섰지만, 이른 시간 탓인지 식당 문은 모두 굳게 닫혀 있거나 이제 막 셔터를 올리는 중이었다. 갈 곳 잃은 허기를 안고 터덜터덜 숙소로 발길을 돌리려던 찰나였다.

어디선가 코끝을 간질이는 고소한 내음. 갓 구운 빵 냄새가 훅 끼쳐왔다.

홀린 듯 냄새의 진원지를 쫓아 시선을 돌리니, 골목 안쪽 깊숙이 숨어 잘 보이지 않던 낯선 빵집 하나가 눈에 들어왔다.

'져먼 베이커리'

자석에 이끌리듯 들어선 가게 안에는 막 오븐에서 탈출한 따끈

따끈한 빵들이 진열을 기다리고 있었다. 윤기가 좌르르 흐르는 그 자태를 보자마자 입안 가득 침이 고였다. 나는 참을 수 없는 식욕에 다급히 지갑부터 꺼내 들고 빵을 달라 재촉했다.

"어떤 걸로 줄까?"

빵집 아저씨는 내 급한 마음을 다독이듯 세상에서 가장 인자한 미소로 물어왔다.

"추천해 주세요. 여기서 제일 맛있는 걸로요."

잠시 후 내 손에 들린 건, 온기가 채 가시지 않은 빵 사이에 두툼한 야크 치즈와 신선한 야채를 터질 듯 채워 넣은 샌드위치였다.

화려한 소스나 자극적인 조미료, 방부제 따위는 일절 들어가지 않은 순박한 맛. 약간은 심심하게 느껴질 수도 있는 담백한 빵 속에, 잘 숙성된 야크 치즈의 깊은 풍미와 아삭한 야채가 완벽하게 어우러졌다. 오직 소금과 후추로만 살짝 더한 간이 재료 본연의 순수한 맛을 더욱 선명하게 끌어올렸다.

와삭, 씹히는 신선한 야채와 따스한 빵, 그리고 진한 야크 치즈의 조화. 여기에 곁들인 달콤한 마날리 사과주스 한 모금까지.

단순한 포만감을 넘어 텅 비어있던 내 몸과 마음까지 든든하고 따뜻하게 채워지는 완벽한 아침이었다.

순수함, 그리고

억수같이 비가 쏟아지던 날이었다. 빗줄기를 피해 마날리에서 가장 안락한 카페로 숨어들었다. 타닥타닥 장작이 타오르는 벽난로 앞, 온기가 가장 짙게 고여 있는 자리에 털썩 주저앉았다.

손에는 어릴 적 스치듯 읽어 기억 속 희미해진 책, 『나의 라임 오렌지 나무』가 들려 있었다. 책장을 넘길 때마다 다섯 살 꼬마 제제가 겪는 세상이 활자 위로 피어올랐다. 아이의 투명한 순수함이 현실의 모서리에 부딪혀 바스라지는 순간마다 가슴이 욱신거렸다. 제발 그 하얀 순수함만은 지켜지기를 간절히 바라는 마음으로 한 장 한 장 종이를 넘겼다.

하지만 책을 읽는 내내 그 속에서 마주한 건 제제뿐만이 아니었다. 어차피 사라질 것을 알면서도 이미 퇴색해버린 순수를 놓지 않으려 안간힘을 쓰고 있는 나의 안쓰러운 자화상이 그곳에 있었다.

"내 마음의 라임 오렌지 나무는 일주일 전에 이미 베어져 죽었어요."

너무 일찍 어른이 되어버린 꼬마, 제제의 마지막 고백을 마주한 순간 기어이 눈물이 주르륵 흘러내리고 말았다. 비 내리는 오후, 나는 뜨거운 눈물 한 방울을 훔쳐냈다. 그리고 결코 다시는 하얗게 되돌릴 수 없는, 때 묻고 얼룩진 내 마음속 천 조각 하나를 꺼내 가만히 응시했다. 창밖의 비는 여전히 세차게 유리창을 때리고 있었다.

뜻밖의 초대

"우리 오늘 춤추러 갈래? 원하면 10시까지 우리 가게 앞으로 와."

휴대폰 액정 위로 뜬 짧은 문장이 오늘 밤의 시작이었다. 나는 마날리에서 바를 운영하는 인도 친구의 차에 올라탔고, 우리는 곧장 어둠을 뚫고 클럽으로 향했다. 도착한 곳은 클럽이라기엔 다소 정적이고 고급스러운 라운지 바에 가까웠다.

친구는 "조금만 기다리면 공기가 바뀔 거야"라며 내게 술 한 잔을 건넸고, 우리는 느긋하게 그 변화를 기다렸다.

그때였다. 이 클럽의 젊은 여자가 우리 테이블로 다가온 것은. 그녀는 내가 인도에서 보아왔던 여성들과는 결이 완전히 달랐다. 한 손엔 와인 잔을 들고 가벼운 리듬에 몸을 맡긴 채, 남자들과 스스럼없이 스킨십을 나누는 그녀. 세계 여느 도시에서나 볼 법한 자유분방함이었지만, 보수적인 인도의 분위기에 익숙해져 있던 나에게 그녀의 존재는 신선한 충격 그 자체였다.

친구가 산 술잔을 비우자 그녀는 호기롭게 선언했다.

"다음 술값부터 내가 다 낼 테니 마음껏 시켜. 대신 조건이 있어. 아주 독한 걸로만 마셔야 해."

그녀의 제안에 따라 독한 술 두 잔을 들이켜자 거짓말처럼 주변의 공기가 달아오르기 시작했다. 때마침 유럽에서 왔다는 유명 DJ가 등장했고 스피커를 찢을 듯한 비트가 공간을 채웠다. 사람은 많지 않았지만, 밀도는 폭발적이었다. 우리는 그 소수의 인원과 함께 미친 듯이 몸을 흔들었다.

그녀는 이 밤의 지휘자였다. 그녀는 끊임없이 술을 날랐고 잔을 내려놓으려 하면 끝까지 쫓아와 기어코 마시게 했다. 춤을 추다 허기가 질 무렵에는 "우리 가게 최고의 맛"이라며 아주 맛있고 따끈한 피자를 돌리기도 했다. 그녀의 호탕한 호의 덕분에 우리는 돈 걱정 없이, 밤이 깊어가는 줄도 모르고 웃고 떠들었다.

파티가 끝나고 집으로 돌아가야 할 시간. 친구는 비틀거리며 혼자 걸어가겠다는 나를 친절하게 굳이 게스트하우스 앞까지 바래다주었다. 방에 들어와 침대에 쓰러지듯 누운 나는, 지갑을 한 번도 열지 않고 이토록 완벽한 밤을 선물해 준 친구에게 짧은 감사의 문자를 남기고는 그대로 정신을 잃었다. 다음 날, 숙취로 욱신거리는 머리를 부여잡고 밖으로 나왔다. 마날리의 차갑고 깨끗한 공기가 뜨거웠던 어젯밤의 열기를 식혀주었다. 문득 그 자유분방한 그녀의 얼굴이 떠올라 미소가 번졌다. 나중에 알게 된 사실이지만, 그녀는 뭄바이의 거대 호텔 오너의 딸이었다.

어쩐지 그녀에게서 뿜어져 나오던 그 당당함과 여유는 단순한 자유로움을 넘어선, 일종의 '경이로움'이었다.

황홀한 두통

바라나시의 그 뜨겁고 혼란스러웠던 미로 속에서 스쳤던 인연을 서늘한 공기가 감도는 마날리에서 다시 마주했다. 우리는 마치 오래된 벗처럼 어색하지 않게 아침 식사를 함께했다.

메뉴는 언제나 그렇듯 수제비와 닮은 따뜻한 '뗌뚝'과 고슬고슬한 '계란볶음밥'. 낯선 땅에서 익숙한 맛이 주는 위로는 각별했고, 우리는 지난 여정의 무용담을 안주 삼아 서로가 좋아하는 음악을 공유했다.

"근데, 오늘 뭐 하지?"

식사를 마친 후 던져진 질문은 허공을 맴돌았다. 사실 무언가를 기필코 해내야 한다는 강박은 나에게도, 이 친구에게도 없었다. 그저 흐르는 시간 속에 몸을 맡기는 것이 우리네 여행 방식이었으니까. 그렇게 나른한 고민에 잠겨 있을 때 저만치서 두 남자가 우리를 향해 반갑게 손을 흔들었다. 어젯밤 바에서 술잔을 부딪치며 여행 이야기를 나누었던 한국 분들이었다.

우리와 달리 그들의 눈빛에는 확신이 서려 있었다. '로탕패스'. 그들은 해발 4000미터, 구름도 쉬어 간다는 그곳을 향해 막 스쿠터 시동을 걸 참이었다. 확고한 목적지를 가진 자들이 뿜어내는 에너지는 갈팡질팡하던 우리를 강렬하게 끌어당겼다.

"우리도 가자."

무언가에 홀린 듯, 혹은 그들의 열정에 전염된 듯 우리는 그 길로 스쿠터를 빌렸다. 눈이 아직 녹지 않아 정상까지는 갈 수 없다는 말을 들었지만 상관없었다. 바퀴가 굴러갈 수 있는 데까지, 갈 수 있는 가장 높은 곳까지 가보자는 객기가 솟구쳤다.

문제는 빌려온 나의 낡은 스쿠터였다. 가파른 오르막과 뱀처럼 휘감아 도는 산길을 오르자, 녀석은 거친 숨을 몰아쉬며 비명을 질렀다. 스로틀을 끝까지 당겨도 속도계 바늘은 시속 30km를 넘지 못했다. 앞서가던 일행들이 나 때문에 속도를 줄이고 내 거북이 걸음에 맞춰 주행을 이어갔다. 웅장한 산세 속에서 엔진 소리보다 더 크게 울리는 미안함과 민망함에 헬멧 속 얼굴이 화끈거렸다. 나는 속으로 이 고철 덩어리를 몇 번이고 저주했다.

하지만 아이러니하게도 그 답답한 속도가 축복이 될 줄이야.

시속 30km에 갇힌 덕분에, 빠르게 스쳐 지나갈 뻔한 풍경들이 내 눈속으로, 아니 영혼 속으로 깊숙이 걸어 들어왔다.

3시간쯤 달렸을까. 저 멀리 병풍처럼 둘러쳐진 만년설이 마침내 그 압도적인 위용을 드러냈다. 태고의 눈이 녹아내려 거대한 계곡을 이루고 그 물줄기가 깎아지른 절벽을 만나 천둥 같은 폭포가 되어 쏟아지는 광경은 감히 인간의 언어로 표현할 수 없는 경이로움 그 자체였다. 거친 산맥 중간중간 나타나는 초원에는 양봉장이 그림처럼 펼쳐져 있었고 풀을 뜯던 야생마들이 자유롭게 뛰어다녔다. 현실이라기엔 너무나 비현실적인, 신이 공들여 빚은 정원 같았다.

나는 그 느린 시간 속에서 비로소 행복했다. 낡은 스쿠터 위에서 불어오는 차가운 바람을 맞으며, 이 거대하고 장엄한 자연의 일부가 되어 달리고 있다는 사실만으로도 가슴이 벅차올랐다.

출발한 지 4시간. 더 이상 스쿠터로는 갈 수 없는 눈 덮인 통제선이 앞을 막아섰다. 고도가 높아지자 관자놀이를 지그시 누르는 두통이 찾아왔다. 하지만 고산병의 통증조차 잊게 할 만큼 눈앞의 풍경은 황홀했다. 우리는 조금이라도 더 하늘과 가까워지고 싶어, 두 발로 걸어 올라갈 수 있는 가장 높은 언덕을 찾았다.

그리고 그곳에 대자로 누웠다.

사방이 고요했다. 우리는 아무 말 없이 눈을 감았다 뜨기를 반복했다. 눈을 감으면 바람 소리가, 눈을 뜨면 구름과 설산이 맞닿은 태초의 풍경이 쏟아져 내렸다. 내가 누워 있는 이 말도 안 되는 풍경을, 곁에 있는 사람들과 함께 각자의 삶 속에 깊이 새겨넣었다.

문득, '오늘 뭐 할까'라는 질문에 답을 찾지 못해 서성이던 아침이 떠올랐다. 스스로 길을 정하지 못하고 타인에게 휩쓸려 왔다는, 여행자로서의 묘한 자격지심이 눈 녹듯 사라졌다.

때로는 내가 낸 답보다 남의 답을 훔쳐오는 것이 더 완벽한 정답일 수도 있음을. 타의에 이끌려 온 이곳에서 나는 내 의지로는 닿지 못했을 두 배, 세 배 아니 그 이상의 감동을 온몸으로 받아내고 있었다.

안녕, 그리고

마날리에서의 마지막 날, 해가 뉘엿뉘엿 저물어갈 즈음 나는 지난 한 달간 내 일상의 조각이 되어준 이들을 하나둘 찾아나섰다.

가장 먼저 찾은 마날리의 유일한 한국 식당 사장님은 긴 버스 여행에 목이라도 마를까 걱정하며, 직접 끓인 구수한 옥수수염차를 물병 가득 담아 내어주셨다.

나의 인도인 친구이자 아지트였던 '드리프터스'의 주인은 "이게 진짜 마지막"이라며 입안에서 녹아내리는 커스터드 푸딩과 부드러운 거품이 인상적인 카페라떼를 직접 내려주었다.

'져먼 베이커리' 사장님이 무심한 듯 손에 쥐여준 달콤한 초코볼, '다즐링 카페' 주인이 마지막으로 우려내 준 향긋한 민트차까지. 그들은 돈 대신, 오직 '정'이라는 이름으로 자신들의 가장 소중한 일부를 기꺼이 떼어 내게 건넸다. 그 따뜻한 마음들이 고마워 나는 입술을 꽉 깨물었다. 절대로, 무슨 일이 있어도 이들 앞에서는 눈물은 보이지 않으리라. 수없이 다짐하고 또 다짐했다.

그 다짐이 통했는지, 배낭을 메고 버스 계단을 오를 때까지 내 눈물샘은 기적처럼 메마른 채였다. 차창 밖에는 나를 배웅하러 나온 이들이 손을 흔들고 있었다.

하지만 작별의 인사를 다 건네기도 전에, 야속한 버스는 거친 엔진 소리를 토해내며 다음 목적지를 향해 바퀴를 굴리기 시작했다.

그들이 시야에서 멀어지는 순간, 거짓말처럼 거대한 고독이 덮쳐왔다. 억눌러왔던 댐이 무너지듯 참았던 눈물이 툭, 하고 터져 나왔다.

한 달. 그 짧다면 짧은 시간 동안 나는 이 낯선 도시에 얼마나 깊이 뿌리내렸던 걸까. 매일 눈 맞추고 웃던 얼굴들을 이제는 볼 수 없다는 사실이 피부로 와닿자 흐르는 눈물을 주체할 수 없었다.

'헤어짐이 예고된 여행지에서는 절대 깊은 정을 주지 말자.'

그렇게 굳게 마음먹었건만, 나는 또 바보처럼 마음의 빗장을 풀고 온 마음을 다해 그들을 사랑해버리고 말았다.

뿌옇게 흐려진 시야 너머로 다시는 돌아갈 수 없을 지난 한 달의 시간, 그 아름답고 찬란했던 마날리의 추억들이 주마등처럼 스쳐 지나갔다.

차창 밖 멀어지는 그들은 환한 미소로 나를 보내주었고, 떠나는 나는 끝내 눈물로 그들에게 답했다. 우리는 그렇게, 서로 다른 표정으로 서로를 마음에 새기며 헤어졌다.

두 번째 코친

첫 번째 한국에서 온 코친은 더웠다. 그냥 너무 더웠다.

두 번째 한국으로 돌아갈 코친은 우기였다.

빗줄기 속에 잠겨버린 도시는 처음과는 전혀 다른, 차분하고 오묘한 분위기로 내 심장을 다시금 뛰게 만들었다.

처음 코친 공항에 발을 디뎠을 때, 나는 '인도는 위험하다'는 막연한 공포와 편견에 갇혀 잔뜩 움츠러들어 있었다. 그러나 두 번째 코친에 도착한 지금의 나는 놀라울 정도로 여유롭다. 끈질기게 달라붙는 호객꾼들의 소란스러운 손짓에도 이제는 가벼운 미소로 응수할 수 있게 되었다. 혼자라는 사실이 더 이상 두렵지 않은, 어느새 나는 진짜 여행자가 되어 있었다.

이곳에서 내게 허락된 시간은 단 3일. 그 3일이 지나면 나는 다시 예전의 내가 있던 대한민국으로 돌아가야 한다. 처음 묵었던, 비좁고 찜통 같아 저렴했던 그 숙소로 갈까 잠시 고민했지만 나는 방향을 틀었다. '마지막'이라는 핑계를 방패 삼아 에어컨이 윙윙 돌아가는 쾌적한 방을 잡았다. 인도에 와서 처음 누려보는 호사였다.

그런데 참 이상한 일이다. 살갗에 닿는 시원한 인공 바람이 오히려 낯설고 어색하다. 더위에 지쳐 하루에도 두세 번씩 찬물 샤워를 해야만 살 것 같았던 내가, 뽀송뽀송한 이불 덮고 누워 있으니 왠지 모를 이질감이 느껴진다. 몸은 편안한데, 마음 한구석이 욱신거린다. 한국으로 돌아가고 싶지 않았다.

사람들이 흔히 말하던 '인도병'. 한 번 다녀오면 앓게 된다는 그 지독한 그리움을, 나는 콧방귀 뀌며 믿지 않았었다. "인도는 한 번이면 족해."라고 호언장담했던 나였다.

하지만 나는 아직 이곳을 떠나지도 않았는데 벌써 '인도병' 초기 증상을 앓고 있는 듯했다. 지독한 냄새도, 시끄러운 경적도, 무질서한 거리마저도 사무치게 그리울 것만 같았다.

나는 인도가 좋다. 이 뜨겁고 축축한 나라를 등지고 싶지 않다. 어떻게 시간을 보냈는지 기억도 안 날만큼 순식간에 3일이 지나고 마지막날 밤 침대에 누워 천장을 바라보았다. 내일이면 내 의지와는 상관없이 불가항력처럼 등을 돌려 떠나야만 하는 현실이 무겁게 내려앉았다. 쉬이 잠들 수 없는 밤, 나는 억지로 눈을 감으며 코친에서의 마지막 밤을 청했다.

사랑한다 인도야,
덕분에 행복했다

─────────────

"인도 여행을 마치고 한국으로 돌아간다."

입 밖으로 내뱉는 문장은 이토록 간결한데, 왜 그 문장을 받아들이는 내 마음은 이리도 복잡하게 얽혀있는 것일까. 귀국을 앞둔 심장은 두 개의 감정이 팽팽하게 줄다리기를 하며 나를 들쑤셔놓고 있었다.

처음 10분은 한국에 돌아가 펼쳐질 나의 미래가, 착실하게 계획했던 목표들을 하나씩 이뤄갈 그 날들이 나를 벅찬 설렘으로 밀어올렸다. 그러나 다음 10분은 어김없이 지난 나의 기억이 파도처럼 밀려왔다. 인도에서의 그 덥고, 시끄럽고, 찬란했던 행복이 주마등처럼 스쳐 지나가며 발목을 잡았다. 가야만 하는 미래와 머물고 싶은 과거 사이에서 나는 시계추처럼 끝없이 흔들렸다.

그 혼란스러운 마음을 안고 결국 나는 공항에 도착했다.

처음 인도의 낯선 공항에 도착해 체크인할 때만 해도 내 배낭의 무게는 9kg이었다. 하지만 지금 수화물 저울에 올려진 배낭은 12kg을 가리키고 있다. 한국에서 가져온 낡아버린 옷가지들을 버리고 그 빈자리를 인도의 색깔과 냄새가 밴 물건들로 꽉꽉 채워넣은 탓이다. 게다가 어깨에는 묵직한 젬베 가방 하나가 더 둘러매어졌다. 늘어난 3kg의 무게, 그리고 둔탁한 젬베의 부피만큼 나는 이곳의 시간들을 짊어지고 간다.

이제 정말 돌아간다. 아쉬움이 턱 끝까지 차오르지만, 비행기 티켓을 손에 쥔 이상 되돌릴 길은 없다.

누군가 내게 이번 여행이 행복했냐고 묻는다면, 나는 주저 없이 "당연히, 미치도록 행복했다"고 대답할 것이다. 반대로 짜증 났었냐고 묻는다면, 그 또한 "정말이지 지독하게 짜증 났었다"고 소리 높여 말할 것이다. 그 극단의 감정들이 뒤섞이고 충돌하며 만들어낸 이 기묘한 시간들. 그렇기에 나의 인도 여행은 역설적이게도 '완벽한 여행'으로 완성되었다.

나는 확신한다. 훗날 다시 인도 땅을 밟는다 해도, 이번과 같은 여행은 두 번 다시 없을 것이라고. 서툴러서 뜨거웠고 몰라서 용감했던 이번 여행은 내 인생 유일무이한 시간으로 남을 것이다.

그래. 나는 24살의 체게바라가 남미여행을 마치고 자신의 할 일을 찾았던 것처럼 나를 찾기 위해 그리고 나를 정의 내리기 위해 이 먼 길을 떠나왔다.

누군가 "그래서 찾았습니까? 정의 내렸습니까?"라고 묻는다면, 나는 멋쩍은 미소를 지으며 "죄송합니다. 실패했습니다."라고 고백할 것이다. "사실 나를 찾고 정의 내린다는 것 자체가 무의미하더군요."라고 변명 아닌 변명을 덧붙일지도 모른다.

하지만 나는 빈손으로 돌아가는 것이 아니다. 앞으로 내가 이뤄나갈 수만 가지 삶의 형태 속에서, 치열하게 나를 들여다보고 고민했던 이 시간들은 가장 비옥한 자양분이 되어줄 것이다. 살아가다 보면 나에게는 더 많은 수식어가 붙고, 더 복잡한 정의가 필요해질 순간이 올 것이다. 세상이 나를 흔들 때마다 나는 마음속 깊은 곳에 숨겨둔 보물 상자를 열 듯, 인도에서 느꼈던 이 소중한 감정들을 조심스럽게 꺼내어 비춰볼 것이다. 그 기억이 나를 지탱해 줄 테니까.

"우웅-"

거대한 기계음이 귓가를 때리고 육중한 비행기가 활주로를 박차고 오를 준비를 마쳤다. 이윽고 엄청난 중력이 몸을 짓누르는가 싶더니, 기체는 땅과의 인연을 끊어내고 검은 하늘로 솟구쳤다. 창문 아래로 반짝이는 인도의 불빛들이 점점 멀어져만 갔다.

저 광활한 하늘 위, 작은 점이 되어 날아가는 비행기 안에서 '작은 나'는 이제 새로운 삶을 향해 달려 나간다.

창밖의 어둠을 향해 나는 마지막 인사를 건넸다.

고맙다, 인도야.

너 덕분에 나는 사무치게 행복했다.

그리고 너를 진심으로 사랑했다.

안녕, 나의 인도.

그리고 1년 후

5개월이라는 긴 시간 동안 인도의 흙먼지 속을 뒹굴면서 나는 역설적이게도 '성공'이라는 두 글자에 집착하고 있었다.

배낭 하나 메고 떠나온 주제에 내 머릿속은 온통 "무조건 성공해야 한다"는 강박으로 가득 차 있었다. 내가 살아 숨 쉬는 한 세상 사람들이 말하는 그 번지르르한 사회적 성공, 남들이 우러러보는 부귀영화를 기필코, 악착같이 다 누려보겠노라고. 인도를 여행하며 무거운 짐을 내려놓고 비우기는커녕 나는 오히려 개인적인 욕심과 사회가 씌워준 성공에 대한 부담감만 잔뜩 짊어진 채 돌아오고 말았다. 내 배낭보다 내 마음의 짐이 훨씬 더 무거웠던 시절이었다.

하지만 이제 와서 다시 생각해본다. 우리가 그토록 찾아 헤매는 행복이란 건 사실 그렇게 거창하고 멀리 있는 게 아니었을지도 모른다.

어쩌면 행복은, 사랑하는 사람과 따뜻한 온기가 감도는 침대에 파묻혀 나란히 책을 읽거나 밀린 드라마를 몰아보며 낄낄거리는 그 사소한 순간 속에 숨어 있는 게 아닐까. 나를 온전히 알아주는 평생지기 친구들이 곁에 있어 그들과 맥주 한 잔 기울이며 실없는 농담을 주고받는 시간들. 물론 때로는 짜증 나서 소리 지르고 싶은 날도 있을 테고 이유 없이 마음 한구석이 뻥 뚫린 듯 쓸쓸한 날도 있겠지. 가슴이 찢어질 듯 아파서 펑펑 우는 날도 분명 있을 것이다.

하지만 기쁨만이 행복은 아니다. 슬픔, 분노, 외로움... 그 모든 하나하나의 소중한 감정들을 생생하게 느끼며, 사회가 정해놓은 기준이 아닌 오롯이 '나'에게 집중하며 살아가는 것. 그것이 진짜 행복에 조금이라도 더 가까이 다가가는 길이 아닐까.

20대의 중반이 이제 고작 한 달하고 조금 더 남은 시점. 이제는 정말 20대의 한가운데를 지나 꺾어지는 길목에 서서 나는 스스로에게 묻는다.

나는 세상을 바꿀 것인가 아니면 나를 바꿀 것인가.

선택을 해야만 한다. 그리고 나는 깨닫는다. 내가 비록 거대한 세상을 바꾸지 못한다 해도, 세상의 파도에 휩쓸려 타협하며 살겠다는 뜻은 결코 아니다. 그저 거창한 세상보다는 작지만 확실한 '나'라는 우주에 집중하고 싶을 뿐이다. 그리고 나는 그런 나의 선택을, 나의 소박함을 자랑스럽게 여길 것이다.

지난 1년, 폭풍우가 몰아치듯 세월이 순식간에 지나가 버렸다. 앞으로 다가올 날들도 예고 없는 폭풍처럼 나를 흔들고 지나가겠지. 내가 눈 감는 그날까지 삶은 격랑일 것이다. 하지만 그 폭풍 속에서도 나는 후회 없이 나를 사랑하고 또 누군가를 뜨겁게 사랑하며 살고 싶다. 그거면 충분하다.

2013년 6월, 인도 마날리.

히말라야 자락에 위치한 마날리의 아침은 눈이 부시게 투명했다.

오늘도 어김없이 나는 완벽하게 '할 일이 없는' 상태였다. 계획 없음이 유일한 계획인 하루. 그냥 동네를 어슬렁거리다 마주치는 순한 눈망울의 개들과 장난을 치고 볕이 잘 드는 카페 구석에 처박혀 책을 읽거나 느린 인터넷을 붙잡고 시간을 죽일 생각이었다.

카페 테라스에 앉아 생각 없이 멍하니 웃고 떠들던 나른한 오후, 우연히 스쿠터를 타고 산 위로 올라간다는 여행자를 만났다.

그 순간, 뇌리에 번개 같은 스파크가 튀었다.

'나도 가야 해. 지금 당장 스쿠터를 빌려야 해.'

충동은 이성보다 빨랐다. 그 생각이 들자마자 나는 주머니를 뒤져 1,000루피를 꺼내 낡은 스쿠터 한 대를 빌렸다. 기름을 가득 채우고, 지도는 필요 없다는 듯 무작정 산을 향해 달리기 시작했다.

"털털털털…."

빌려 탄 스쿠터는 상태가 엉망이었다. 스로틀을 끝까지 당겨도 속도계 바늘은 고작 시속 30km를 넘지 못했다. 한국이었다면 답답해서 홧병이 났을 속도였지만, 이곳에선 달랐다.

오히려 느려서 좋았다. 헬멧 사이로 파고드는 끝내주는 날씨와 고개를 돌릴 때마다 펼쳐지는 비현실적인 풍경들이 느린 속도 덕분에 내 눈과 마음에 꾹꾹 눌러 담겼다. 짜증은커녕 가슴이 벅차오르는 기쁨으로 가득 찼다.

비포장도로의 흙먼지를 뒤집어쓰며 덜컹거리는 스쿠터에 몸을 맡긴 지 4시간쯤 지났을까.

초록색 숲이 사라지고 황량한 바위산이 나타나더니 드디어 주변 풍경에 녹지 않는 만년설, 흰 눈이 보이기 시작했다. 공기는 차가워졌고 풍경은 압도적이었다.

발을 헛디디면 천 길 낭떠러지로 떨어질 것만 같은 아슬아슬한 절벽 길을 한 시간쯤 더 달렸다. 심장이 쫄깃해지는 긴장감 속에 도착한 곳은 인도 쪽 히말라야산맥의 끝자락, 로탕 패스 근처였다.

더 이상 나아갈 수 없었다. 위험하다는 이유로 도로는 통제되어 있었고, 그곳이 내가 갈 수 있는 세상의 끝이었다.

나는 스쿠터 시동을 끄고 금지된 도로의 끝에 털썩 주저앉았다.

인적이라곤 찾아볼 수 없는 고요한 적막. 살갗을 에이는 듯한 쌀쌀한 바람이 불어왔다. 해발 4,000미터가 넘는 높은 고도 탓에 귀는 먹먹해지고 산소 부족으로 머리는 빙빙 돌며 어질어질했다.

그런데 참 이상했다. 몸은 고산병 증세로 힘겨운데 마음속 깊은 곳에서는 설명할 수 없는, 태어나 처음 느껴보는 완벽한 '차분함'이 찾아왔다.

거대한 설산 앞에 홀로 남겨진, 먼지보다 작은 존재인 나.

그 압도적인 침묵 속에서 질문들이 솟아올랐다.

나는 누구인가.

행복이란 무엇인가.

그때의 나는 그 답을 찾지 못했지만, 그 질문을 던지던 그 순간의 공기만큼은 내 영혼에 영원히 각인되었다.

2014년 6월, 한국 서울.

창문 밖으로 빽빽한 빌딩 숲과 숨 쉴 틈 없이 돌아가는 서울의 풍경이 보인다. 1년 전 오늘, 나는 히말라야의 만년설을 바라보며 30km로 달리는 낡은 스쿠터 위에 있었는데, 지금 나는 에어컨 바람이 나오는 시원한 방에 있지만, 마음은 4,000미터 고지의 그 차갑고 희박한 공기를 갈망하고 있다.

그때는 몰랐다. 그 춥고, 어지럽고, 아름답기만 했던 그곳이 내 인생의 가장 찬란한 순간이었다는 것을. 성공해야 한다며 악착같이 살겠다고 다짐했던 내가, 이제야 비로소 깨닫는다.

나는 지금, 사무치도록 인도가 그립다.

12년 전의 일기장을 덮으며

책상 한구석, 오랫동안 잠들어 있던 낡은 일기장을 덮습니다. 손끝에 닿는 종이의 질감은 푸석하고 잉크 자국은 빛이 바랬지만, 그 안에 담긴 스물넷의 청년은 여전히 뜨겁고 날카롭고 무엇보다 아파하고 있었습니다.

지금의 나는 서른여섯 살. 어느덧 사람들이 '아저씨'라고 부르는 나이가 되었습니다. 사회라는 거대한 톱니바퀴의 부품이 되어 매일 아침 출근을 하고 주어진 책임을 다하며, 월급날의 소소한 기쁨과 카드 값의 압박 사이를 줄타기하는 지극히 평범한 사회의 일원으로 살아가고 있습니다. 20대의 내가 그토록 경멸하기도 했고 동시에 그토록 갈망했던 '안정된 삶' 속에 들어와 있는 셈입니다.

먼지 쌓인 서랍 속에서 이 글들을 다시 꺼내어 세상 밖으로 내보내기로 결심했을 때 사실 많이 망설였습니다. 맞춤법도 틀리고 문장은 거칠며 감정은 정제되지 않아 촌스럽기까지 한 24살의 기록들. 그 치기 어린 문장들을 다시 마주하는 건 꽤나 부끄러운 일이었습니다. 마치 발가벗은 채 거울 앞에 선 기분이었으니까요.

하지만 페이지를 넘길 때마다 나는 알 수 없는 먹먹함을 느꼈습니다. 그곳엔 성공하지 못할까 봐 전전긍긍하고 남들에게 뒤처질까 봐 불안에 떨면서도, 기어이 행복을 찾아내겠다며 발버둥 치는 한 청춘이 살아 숨 쉬고 있었기 때문입니다.

성공이라는 강박, 그리고 마날리의 스쿠터

스물넷의 나는 인도로 떠나면서 배낭보다 더 무거운 '성공'이라는 짐을 지고 갔습니다. "세상을 바꾸겠다", "누구보다 화려하게 성공하겠다"는 다짐은 야망이라기보다 차라리 비명에 가까웠습니다. 나를 내려놓기 위해 떠난 여행이라면서 정작 나는 단 한 순간도 나를 내려놓지 못했습니다. 히말라야의 거대한 설산 앞에서도 나는 '나의 미래'를 계산했고, 갠지스강의 일출을 보면서도 '나의 위치'를 고민했습니다. 참으로 미련하고 안쓰러운 청춘이었습니다.

그중에서도 마날리에서의 기억은 12년이 지난 지금까지도 선명한 잔상으로 남아있습니다. 고작 시속 30km밖에 나지 않던 낡은 스쿠터. 엑셀을 아무리 당겨도 나아가지 않던 그 답답한 속도. 한국이었다면 화를 내고 당장 바꿔달라고 소리쳤을 그 상황에서 스물넷의 나는 뜻밖의 해방감을 맛보았습니다.

빨리 달릴 수 없었기에 비로소 보이는 것들이 있었습니다. 스쳐 지나가는 바람의 결, 길가에 피어난 이름 모를 들꽃, 만년설이 뿜어내는 차가운 냉기. 목적지에 빨리 도착하는 것만이 능사가 아니라는 것을, 인생의 속도가 늦춰질 때 비로소 풍경이 내 안으로 들어온다는 것을 그때의 나는 어렴풋이 느꼈던 것 같습니다.

"나는 누구인가, 행복이란 무엇인가."

해발 4,000미터, 산소가 희박해 머리가 핑 도는 그곳에서 던졌던 그 질문에 대해 스물넷의 나는 "답을 찾지 못했다"고 고백했습니다. 하지만 서른여섯이 된 지금, 나는 그 청년에게 말해주고 싶습니다.

"답을 찾지 못한 게 아니야. 그 질문을 던지고, 그 막막한 풍경 속에 홀로 서 있었던 그 시간 자체가 이미 답이었어."라고 말입니다.

세상을 바꾸지 못했지만, 나를 사랑하게 된 서른여섯

12년이 지난 지금, 나는 세상을 바꾸는 위인이 되지 못했습니다. 모두가 우러러보는 부귀영화를 누리지도 못했습니다. 스물넷의 내가 본다면 "고작 그렇게 살려고 그 고생을 했냐"며 실망할지도 모르는, 그저 그런 평범한 어른이 되었습니다.

하지만 나는 지금의 내가 꽤 마음에 듭니다.

사랑하는 사람과 따뜻한 밥 한 끼를 먹는 즐거움을 알게 되었고, 오랜 친구들과 옛이야기를 하며 낄낄거리는 시간의 소중함을 알게 되었습니다. 때로는 상사의 잔소리에 스트레스를 받고 꽉 막힌 도로 위에서 한숨을 쉬기도 하지만, 퇴근길에 올려다본 밤하늘에서 문득 인도의 별들을 떠올릴 수 있는 여유를 가지게 되었습니다.

스물넷의 내가 정의 내리지 못했던 행복.

"사랑하는 사람과 따뜻한 침대에 누워 책을 읽고 밀린 드라마를 보는 것."

그때는 그것이 너무 소박해서 행복이 아니라고 부정했지만, 살아보니 알겠습니다. 그것이야말로 생이 우리에게 주는 가장 큰 축복이자 기적 같은 행복이라는 것을요.

나는 세상을 바꾸는 대신 나의 하루를 지키는 법을 배웠습니다. 거창한 미래를 위해 오늘을 희생하는 대신 오늘 내 곁에 있는 사람들에게 친절을 베푸는 것이 더 중요함을 깨달았습니다. 폭풍 같았던 20대를 지나 이제는 잔잔한 물결 위를 항해하는 법을 조금씩 익혀가고 있습니다.

이 책을 읽는 당신에게

이 책은 대단한 여행기도, 성공한 사람의 자서전도 아닙니다. 그저 인생의 가장 불안했던 시기, 낯선 땅에서 길을 잃고 헤매던 한 청춘의 비망록일 뿐입니다.

그럼에도 불구하고 이 부끄러운 기록을 세상에 내놓는 이유는 지금 이 순간에도 어딘가에서 스물넷의 나처럼 흔들리고 있을 누군가에게 작은 위로가 되길 바라기 때문입니다.

혹시 지금 당신의 배낭이 너무 무겁게 느껴지나요?

남들은 저만치 앞서 달려가는데, 나만 고장 난 스쿠터를 탄 것처럼 제자리걸음인 것 같아 불안한가요?

나를 찾고 싶어서 떠났는데, 오히려 더 큰 혼란만 안고 돌아와 자책하고 있나요?

괜찮습니다. 정말로 다 괜찮습니다.

당신이 흘리고 있는 그 땀방울, 불안해서 지새우는 그 밤들, 답이 없어서 막막해하는 그 시간들이 결코 무의미하지 않음을 12년이라는 시간을 건너온 제가 증명합니다.

그때의 방황이 있었기에 지금의 단단한 제가 있습니다. 그때 치열하게 고민하고 아파했기에 지금의 평범한 행복이 얼마나 눈부신 것인지 알아볼 수 있는 눈을 갖게 되었습니다.

당신의 속도가 시속 30km라 해도 괜찮습니다. 느리게 가는 만큼 당신은 더 많은 것을 보게 될 것이고, 당신만의 풍경을 가슴에 새기게 될 테니까요.

세상과 타협했다고 자책하지 마세요. 우리는 타협한 것이 아니라, 세상 속에서 나를 지키는 방법을 배운 것입니다.

안녕, 나의 24살

이제 정말로 스물넷의 나를 보내주려 합니다.

성공해야 한다는 강박에 짓눌려 인도의 찬란한 햇살을 온전히 즐기지 못했던 너.

공항에서 12kg의 배낭을 메고 돌아가기 싫어 울먹이던 너.

정의 내리지 못한 삶 때문에 괴로워하던 너.

고생했다. 정말 고생 많았다.

네가 그토록 치열하게 살아준 덕분에 서른여섯의 나는 오늘도 무사히 하루를 살아낸다.

너의 그 불안했던 청춘이 나의 가장 든든한 뿌리가 되었다.

언젠가 다시 인도를 가게 된다면 그때는 성공도, 자아 찾기도 아닌, 그저 맛있는 짜이 한 잔을 마시기 위해 가고 싶습니다. 그때까지 나는 이곳 치열한 삶의 현장에서 내 마음속 깊은 곳에 묻어둔 보물 상자를 가끔씩 열어보며 묵묵히 걸어갈 것입니다.

이 책을 덮는 당신의 오늘이 비록 30km의 느린 속도일지라도 가슴 벅찬 풍경으로 가득 채워지기를 진심으로 기도합니다.

인도를 그리워하며, 이성헌 드림

지독하게 뜨거웠고
눈물나게 서툴렀던

펴낸날   2026년 4월 20일

지은이   이성헌
펴낸이   손상민
디자인   유주
마케팅   나무콘텐츠랩
펴낸곳   나무와바다
주소   창원시 성산구 비음로 50-1
전화   0507-1438-7831
홈페이지   www.indiwriting.com
전자우편   mangocompany@naver.com
출판등록   2017년 11월 24일 제567-2017-000024호

ⓒ 이성헌, 2026

ISBN   979-11-997228-1-1(03810)